성열아

성열아

아빠를 새롭게 살게 한 어느 사랑 이야기

글·사진 양동준

싱긋

Prologue

설레는 마음으로 아침에 일어나면 날마다 두 개의 태양이 떴다. 아내를 처음 만났을 때다.
결혼해서 제열이가 태어나고 6년 후 성열이가 태어났다.
내 앞에서 언제나 환하게 빛나는 세 개의 태양.
성열이, 제열이, 아내 연홍이……

작은 씨앗 하나가 땅에 떨어져 싹을 틔우고 줄기가 자라 나무가 되었다. 나무는 계속 자랄 것이다.
곧게 자라 쓰임새 있는 자리에 갈지,
가지가 무성해 지나가는 사람이 쉬어갈 그늘이 될지는 모르겠다.
아이들은 늘 나무 같고 아이들의 숫자만큼 다른 새로운 길이 있다.

결혼하고 아이들이 태어나면 특별한 세상이 열린다.
가정이다.
이 이야기는 가정에서 가족과 함께하는 아버지와 아이의 대화다.

성열이가 성장하는 모습을 곁에서 보며 글과 사진에 담았다.
성열이를 기록하면서 정말 좋은 게 무엇인지 알게 되었다.
사랑하는 방법도 알게 되었다. 그래서 좋아하는 것을 즐기며 사랑하며 살아야겠다고 마음먹었다.
아이들은 특별하게 아름답고 저마다의 매력이 있다.

행복은 일주일에 한두 번 가족이 함께 떠들고 웃으며 TV 드라마를 보는 것 같은 것이다.
가정은 가까이 있는 우주이고 행복이 솟는 샘이다.

이 책을 세상의 모든 아이, 모든 부모가 읽어주었으면 좋겠다.
아내와 두 아들에게 이 책을 바친다.

2014년 여름. 남양주 팔현리에서

C o n t e n t s

제열이와 성열이

아빠의 일기장

아내 그리고 엄마의 자리

성열이

정답은 3번

등이 가려운데 손이 닿지 않는다.

해결할 방법은?

1. 효자손

2. 바닥이나 벽에 등을 대고 비빈다

3. 성열이

4. 그까짓 것 참는다

2011년 5월 6일

꽁지머리 소년

성열이는 엄마 나이 마흔에 낳았다. 형과는 여섯 살 차이가 나지만 둘은 가장 친한 친구다. 늦게 본 녀석이어서 그런지 모든 것이 소중하고 귀하게 보였다. 머리를 자르지 않은 것도 아마 그런 이유일지 모른다.

성열이 나이 다섯 살 즈음 여름에 어깨를 덮은 긴 배냇머리를 처음으로 잘 랐다. 그때부터 고무줄로 머리를 묶고 다니는 일명 꽁지머리 소년이 되었다.

아빠에게 성열이는 아침저녁 매일 보아도 귀여운 향기가 폴폴 나는 소중 한 녀석이다. 가끔 아이에게 아빠 호주머니에 넣고 다닐 수 있으면 좋겠다는 말을 한다. 성열이는 이해할 수 없다며 고개만 갸우뚱거렸다. 아빠는 늘 성 열이가 더는 크지 않았으면 좋겠다는 생각을 했다. 그래도 아이는 무럭무럭 잘도 자랐다.

젖냄새 나던 녀석이 어느새 초등학생이 되었다. 일찍 일어나 가방을 메 고 학교에 가는 꽁지머리 아이의 등하굣길을 아빠는 사진에 담았다. 성열

이가 3학년이니 어느새 3년이나 되었다.

아빠의 마음을 알았는지 성열이의 신체성장은 더뎠다. 한번 빠진 앞니는 아무리 기다려도 나오지 않았다. 걱정이 되어 검사를 해보니 불필요한 이가 막고 있었다. 수술을 해야 했다. 여름방학 때 수술을 했는데, 시월이면 나올 거라던 앞니는 겨울이 다 지나도록 나올 기미가 보이지 않았다. 성열이는 몸도 마음도 아빠의 말을 너무 잘 듣는 것 같다.

트레이드마크가 되어버린 꽁지머리와 앞니는 가끔 성열이의 마음을 아프게 했다. 그것은 다르고 특별한 것에 몹시 인색하고 포용과 배려가 부족한 우리 모두의 못난 마음 때문이다. 며칠 전 성열이의 큰 목소리가 들렸다. 드디어 앞니가 나오기 시작했다. 아빠는 그동안 무거웠던 마음을 놓을 수 있었다.

처음 본 성열이를 남자아이로 본 사람은 아직까지 없었다. 이번 학기 초에도 그렇게 바라보는 몇몇 아이들의 시선이 싫다며 머리를 깎고 싶다고 했다.

나는 또 차분히 생각을 했다. 주변의 시선 때문에 자기의 개성을 포기하는 것은 옳은 행동이 아니라고 이야기해주었다. 이쪽의 선입견 때문에 상대의 가치가 무시되는 사회는 바른 사회가 아니라는 것도 알아듣기 쉽게 이야기해주었다. 성열이는 아빠의 이야기를 이해하는지 모르지만 아빠를 믿고 있다. 성열이가 있어 참 행복하다. 2006년 4월 5일

공기놀이

성열이가 아파 학교에 가지 못하면서 대화의 시간이 많아졌다. 심심함을 견디지 못한 성열이는 시시때때로 작업실 문을 두드린다.

"아빠. 심심해. 나랑 놀자."

"심심해? 성열이가 학교에 가지 못해 심심하구나. 뭐하며 놀까?"

"공기해."

"공기? 성열이 공기 잘하니?"

"응. 많이 늘었어."

"그래? 몇 년 내기할까?"

"20년."

"알았어. 성열이부터 해."

성열이는 인형처럼 작은 손으로 공기를 곧잘 잡아냈다. 하지만 문제가 생겼다. 세 알 이상 잡으면 알이 손에서 튀어나가는 것이다. 세 알 이상 잡기에

는 성열이의 손이 작았다.

"아빠, 나는 손이 작으니까 덜어놓고 할게."

"그래. 그렇게 해."

하지만 공중에 올린 공기알은 세 알을 한번에 쥔 손에서 계속 튀어나갔다. 그래도 작은 손으로 열심히 알을 잡으려 하는 성열이. 그 모습이 참 귀엽다.

"성열아. 성열이는 손이 작아 자꾸 공기알이 떨어지니까 연속으로 두 번 하는 걸로 하자. 그리고 아빠는 한 알에 죽으면 처음부터 다시 시작할게."

"오, 좋아 좋아."

그렇게 20년 내기를 다섯 번쯤 한 것 같다. 성열이는 자기가 이길 때까지 게임을 일방적으로 연장했기 때문이다. 실력차이가 나는 것을 알면서도 꼭 아빠를 이겨보겠다는 성열이의 억지가 귀여웠다. 그렇게 성열이와 공기놀이를 하는 오후가 마냥 행복하기만 했다.

"성열아. 성열이는 아빠의 보물 1호. 성열이를 첫번째로 소중하게 생각한다는 거야. 그리고 성열이를 첫번째로 사랑한다는 거지."

"아빠, 나 알고 있어. 아빠가 여러 번 이야기했잖아."

"그랬지? 성열이는 누구를 첫번째로 사랑해?"

"왜 그렇게 어려운 걸 또 물어?"

"어? 성열이 너 아빠가 첫번째가 아니구나. 마음이 변했어. 아빠 실망인데……."

"실망하지마 아빠. 아빠가 그랬잖아, 아빠보다 엄마를 먼저 사랑해야 한다고. 그래서 사랑 1호는 엄마야."

실은 성열이의 사랑 1호는 아빠였다. 얼마 전에 성열이와 성性에 대한 이야기를 나눈 후로 첫번째 자리를 아내에게 빼앗긴 셈이다. 여성을 왜 존중해야

하는지, 왜 레이디 퍼스트인지를 성열이는 이해하고 있는 듯했다. 그런 성열이를 보며 아이는 참 바르다고 생각했다. 아이는 어른의 거울. 아빠도 성열이처럼 티 없이 맑아지고 싶다.

10월이 가면 오늘처럼 성열이와 놀아줄 시간이 많이 줄어들 것 같다. 그보다 학교에서 돌아와 혼자 있어야 할 성열이를 생각하니 마음이 아프다. 공기놀이를 끝내고 10월의 계획을 성열이에게 이야기했다. 성열이는 고개를 끄덕였지만, 눈병이 나아 학교에 갈 때까지만 계획을 연기할 수는 없냐고 했다. 종일 혼자 집에 있는 것은 성열이에게 너무 지루한 일이었다. 나는 그렇게 해주기로 약속했다.

생각 없이 지내던 일상에 변화가 오면서 달라진 것은 사랑하는 아이가 생긴 것이다. 먼 길을 돌아서 힘들게 얻은 내게 가장 소중한 존재……. 나는 지금 행복하다. 가슴속에 새로 지은 평화로운 마을로 돌아갈 수 있기 때문이다. 그곳에는 쉼 없이 뿜어내는 아이의 향기와 숨결이 있다. 동화 속에 있는 세상만큼 아름다운 아이들의 세상이다. 2007년 10월 27일

용감한 우리 엄마

"아빠. 엄마 정말 대단하지 않아?"

"왜?"

"저번에 내가 엄마 말을 듣지 않아서 쫓겨났을 때 아무런 걱정도 하지 않았 잖아. 형아 쫓겨났을 때도 그랬어. 우리 엄마는 정말 용감해."

"그랬었구나. 성열아. 얼마 전에 아빠가 성열이를 쫓아냈을 때는 어땠어? 여덟 시간 넘게 문밖에 있었잖아. 무섭지 않았어?"

"응. 밖은 무섭지 않았어. 아빠 화가 풀리지 않은 것 같아 아빠가 무서웠지. 문 옆에 쪼그리고 앉아 있었는데 아빠 발걸음 소리가 들렸어. 아빠가 나를 지 켜보고 있다고 생각하니 무섭지 않았어."

"그랬어? 아빠는 성열이가 눈치를 채지 못하게 하려고 까치발 하고 소리 나지 않게 살폈는데……."

"그래도 아빠가 대문 가까이 왔다갔다 하는 걸 알 수 있었어. 그건 아빠가

성열이를 진짜로 사랑하는 표현이잖아."

"들켜버렸군. 아빠가 성열이를 진짜 사랑하는 거 들켜버렸네……."

그랬다. 사랑은 변함없이 끊이지 않는 관심이다. 추웠던 겨울이 지나면 어김없이 찾아오는 따뜻한 봄처럼, 아주 반가운 손님이다. 그러니까 성열아. 찾아온 손님이 편하게 머물 수 있도록 잘 모셔야 한단다.

"그런데 아빠. 엄마는 왜 나를 혼내기만 해? 아빠랑 너무 다르잖아."

"성열아. 우리가 먹는 음식이 다양하게 있듯이 사랑도 여러 가지가 있는 것이란다. 회초리는 아프지만, 캡슐에 담은 쓴 약과 같은 것은 엄마의 사랑이고 달콤한 맛의 약은 아빠의 사랑이라고 이해하렴. 달콤한 약이든 쓴 약이든 병을 낫게 해주잖아. 이해할 수 있니?"

"응. 그런데 아빠, 이왕이면 달콤한 약이 좋잖아."

"그래. 그렇지만 쓴 성분이 병을 고치므로 어쩔 수가 없는 것이란다. 아빠가 전에 본질에 대해 이야기해준 것 기억나니?"

형아와 성열이는 엄마와 아빠에게 가장 소중한 자식이야. 그 소중함의 순서는 가릴 수 없어. 형제는 둘이지만 부모에겐 하나란다. 그러니 형이 없으면 성열이가 없는 것이고 성열이가 없으면 또 형이 없는 것과 같은 거야. 너희 둘은 하나로서 엄마와 아빠의 자식인 거야. 하지만 형이 성열이가 될 수 없고 성열이가 형이 될 수 없는 서로 다른 본질이 있지. 형과 아우로서 따로 독립해 있는 거야. 성열이와 제열이로 구분되는 것. 개인으로서 독립된 인격이란다. 그 다른 둘이 하나로 합해진 것이 형제야. 성열이를 낳아준 부모는 하나지만 그 하나 속에 엄마와 아빠로 구분되는 것과 같은 것이란다. 그 다름을 이해하면 엄마와 아빠의 사랑도 서로 다를 수 있다는 것을 이해할 수 있지 않을까? 2006년 4월 19일

눈물의 진실

벌써 며칠째, 성열이는 생일 선물 이야기를 입에서 놓질 않는다.

"아빠, 생일 선물 사주세요. 세상에서 나를 제일 사랑한다면서 생일인데 선물도 안 사주냐?"

"성열아, 아빠는 성열이를 위해서라면 무엇이든 다 할 수 있어."

아직 어린 성열이는 늘 자기 마음을 생각하는 아빠의 마음도 알 리 없다.

"그래, 사줘야지. 아빠가 세상에서 제일 사랑하는 성열이 생일 선물을 사줘야지. 가자, 성열아. 생일 선물 사러……."

학교 가는 길목에 있는 문구점에 들렀다. 성열이는 장난감처럼 생긴 작은 선풍기를 하나 골랐다.

"아빠, 이거 삼천 원이에요."

"그래."

"그런데 요렇게 작은 선풍기가 바람을 만들 수 있을까?"

"이건 선풍기가 아니라 장난감 같은데……."

"아니에요. 바람이 그래도 꽤 세요. 이렇게 얼굴에 대고 있으면 시원해져요."

"그렇구나. 시원하겠다. 성열이 생일 축하해……."

"고맙습니다, 아빠."

오천 원을 주고 이천삼백 원 거스름돈을 받았다. 정가의 10%를 깎아주었다. 거스름돈을 호주머니에 넣고 성열이 손을 잡고 걸었다. 아직도 성열이의 손은 아기 손만큼이나 작다. 다행히 종아리 근육은 제법 단단해져 있었다.

선물을 손에 쥔 성열이는 마냥 기뻐했다. 아이가 좋아하는 모습을 보니 나도 기분이 좋았다.

집에 들어와 옷을 벗어 거실 의자에 걸쳐놓았다. 벗어놓은 옷은 일주일이 지나도 그 자리에 그대로 있었다. 일주일 후 잔돈이 필요해서 벗어놓았던 옷 주머니에 손을 넣으니 달랑 백원짜리 세 닢뿐이었다. 거스름돈은 이천삼백 원이었는데, 이천 원이 어디로 갔을까? 성열이를 불러 물어보았다.

"아빠, 저는 몰라요. 제가 가져가지 않았어요."

"그래? 이상하다. 이천 원이 어디로 갔을까?"

형아는 남의 것에 절대로 손을 대지 않는데……. 자꾸만 이상한 생각이 들었다.

작년쯤이다. 성열이가 엄마 지갑에서 돈을 몰래 꺼내 쓰던 생각이 떠올랐다. 그 버릇이 또 도진 것은 아닐까? 아내에게 물어보아야겠다.

8시쯤 제열이가 학교에서 돌아왔다. 역시 제열이의 행동은 아니었다. 아내에게 확인을 해봐야 했지만, 자꾸만 의심의 방향이 성열이에게 갔다.

"성열아. 너 또 옛날 버릇이 재발한 것 아니니? 솔직하게 이야기했으면 좋

겠는데…….'

그러자 성열이의 눈에서 닭똥 같은 눈물이 뚝뚝 떨어지기 시작했다.

"아빠, 저 아니에요. 제가 하지 않았어요."

그렇게 짧은 순간에 마구 흘러내리는 눈물을 나는 처음 보았다.

"미안해, 성열아. 아빠가 잘못 생각했다. 울지 마라."

아이를 꼭 안아주었다. 괜찮다. 이럴 필요가 없는 건데 성열이가 가져갔어도 별일 아닌데……. 그런 생각이 들었다.

성열이는 피곤했는지 일찍 잠자리에 들었다. 외출했던 아내는 자정 무렵에 들어왔다. 아내를 기다리고 있었으나 묻지 않기로 했다. 이천 원의 행방에 대해서는 더는 밝혀내지 않기로 했다. 성열이의 눈물이 진실을 이야기하고 있다고 믿기로 했다.

성열이는 깊은 잠에 빠져 있다. 아내는 피곤을 짊어진 채 그대로 옆에 쓰러져 잠이 들었다.

찻잔을 들고 베란다로 나왔다. 창밖의 어둠 속에서 빗소리가 들려왔다. 가로등이 비치는 곳마다 가느다란 빗줄기가 보였다. 추적추적 내리는 비가 가을을 꼭 닮았다. 어느새 가을이 내리고 있었다. 2006년 9월 5일

축구화

"아빠, 오늘은 형아가 신었던 축구화 신고 갈래."

"아직은 많이 클 텐데."

"아니야, 신어봤는데 괜찮아. 크지 않았어."

"그래? 그럼 어디 한번 신어보자. 조금 큰 것 같은데."

"아니야, 크지 않아. 내가 달리기도 해봤는데 진짜 빨리 달릴 수 있었어."

조금은 커 보이는 형아의 축구화. 그래도 성열이는 축구화를 신고 학교에
가고 싶었다. 오늘은 체육수업이 있는 날이다. 그러니까 기어이 축구화를 신
고 가야만 한다. 성열이는 기필코 형아가 신었던 축구화를 신고 기쁜 마음으
로 학교에 갔다.

얼마 전 아내에게 체육시간에 신을 수 있는 운동화를 하나 사주자고 했었
다. 아내는 신발장에 신발이 가득 있는데 따로 사줄 필요가 없다며 반대했다.
사실 신발장에는 성열이의 신발이 반이다. 처제의 둘째 아이가 성열이보다

한 살 많은데 입었던 것 신었던 것을 모두 물려주기 때문이다. 덕분인지 탓인지 성열이는 새것이라고는 거의 입어보지도 신어보지도 못한 것 같다.

성열이는 보통아이들보다 키도 작고 몸무게도 적게 나간다. 넉넉하게 크고 넓은 마음만 빼고는 모두가 작다. 체격은 작지만 워낙 활달한 녀석이라 체육시간이 있는 날은 꼭 달릴 때 편한 신발을 찾는다. 하지만 안타깝게도 물려받은 신발 중에 체육시간에 신을 만한 것은 없었다. 조카 녀석이 운동을 그리 좋아하지 않기 때문이었다.

조카는 재미있는 별명을 하나 가지고 있다. 성격이 급한 편이라 누가 부르면 가장 빨리 신을 수 있는 슬리퍼를 신고 뛰어나가기 때문에 '잠원동 슬리퍼'라는 별명이 붙었다. 이 별명을 들으면 힘 좀 쓰고 운동도 잘할 것 같은데, 조카는 운동엔 전혀 관심이 없었다. 조카에게 물려받은 신발 중에 고집스럽게 신었던 것이 하나 있었는데 얼마 전부터 구멍이 나 있었다. 그래도 성열이는 그 신발만 고집했다. 런닝화는 아니지만 그나마 뛰는 데 가장 편한 신발이기 때문이었다. 구멍이 난 신발을 본 후 운동화를 사줄까 축구화를 사줄까 고민을 하고 있었다. 그런데 그만 아내의 태클에 걸리고 말았다. 아내는 체육시간에 신발을 따로 신을 필요가 없다고 생각하는 모양이었다. 신발은 성장에도 많은 영향을 주는데……. 체육시간엔 활동하기 편한 신발을 신어야 하는데…….

엄마 몰래 사줘야겠다는 생각에 성열이에게 신발 크기를 살짝 물어보았다.

"아빠, 205야."

순식간에 표정이 달라지며 동그래진 눈으로 엄마 눈치를 슬쩍 보며 귓속말로 속삭이듯 대답하는 성열이. 성열이의 작은 발은 우리집 아파트 동수와 숫자가 같다.

축구화는 분명히 컸다. 신발을 신겨주며 클 것 같다는 생각에 유심히 보았더니 매듭이 달라져 있었다. 신발을 꽉 조이려고 끈을 다시 묶은 것 같은데 매듭이 잘못 묶여 있었다. 풀어서 다시 묶어주며 축구화를 보니 생각보다 많이 해져 있었다. 바닥의 뽕도 모두 닳아서 운동화처럼 밋밋했다. 해졌으니 새 신발을 사달라고 조를 수도 있는 나이인데⋯⋯. 새 신발을 신은 것처럼 콧노래를 부르며 집을 나서는 녀석의 뒷모습이 마냥 사랑스럽다.

"성열아."

뒤를 돌아보며 언제나 그랬듯이 싱긋 웃는다. 후다닥 계단을 내려가는 날쌔고 민첩한 발자국 소리. 이른 아침 계단을 내려가는 발자국 소리가 가끔은 음악처럼 들릴 때가 있다. 2006년 11월 1일

펑크난 자전거

성열이의 펑크난 자전거를 수리하기 위해 차에 실었다. 그런데 조그만 자전거가 어찌나 무거운지 차에 싣기가 만만치 않았다. 성인용도 아니고 아이들이 타는 자전거가 왜 이렇게 무겁지? 자전거를 학교 앞에서부터 끌고 올 때도 고생이 여간 아니었다. 바람이 빠진 바퀴가 구르지 않아 살짝 들어서 이동해야 했기 때문이다.

숨을 몇 번 몰아쉬며 '차를 가지고 왔어야 했는데' 하는 생각을 했다. 이런 줄도 모르고 아이에게 자전거를 놓고 왔다고 나무랐으니…….

집으로 오면서 성열이에게 미안하다는 말을 몇 번이고 되풀이했다.

성열이는 지난 여름부터 자전거를 타고 통학하기 시작했다. 그전에는 보조바퀴가 달린 자전거를 타며 동네에서 노는 게 전부였다.

얼마 후 친구들은 보조바퀴가 없는 자전거를 탄다며 자전거를 새로 사달라고 졸랐다. 하지만 보조바퀴가 없으면 속도가 붙어 위험하겠다는 생각이

들었다. 아파트 단지를 벗어나면 주변이 자전거를 타기에 좋은 환경은 아니기 때문이다. 그러던 어느 날 성열이는 동네슈퍼에서 적립된 포인트로 구할 수 있는 자전거를 보게 되었다. 집에 오자마자 성열이는 엄마에게 포인트가 얼마나 적립되었는지 물었다. 자전거를 받기 위해선 10만 포인트가 필요했는데, 마침 충분한 포인트가 적립되어 있었다. 한번 마음을 먹으면 끝을 봐야 하는 성열이의 집요함 때문에 결국 자전거를 신청하게 되었다. 조건은 늘 안전하게 조심히 타는 것이었다. 나는 성열이와 손가락을 걸고 약속했다.

일주일 후 성열이는 드디어 바라고 바라던 자전거를 받게 되었다. 자전거가 도착할 때까지 얼마나 많은 기다림으로 시간을 보냈는지 모른다. 안장을 끝까지 내려야만 탈 수 있는 자전거를 타고 다람쥐처럼 쏜살같이 달리는 아이를 보고 있으면 저절로 웃음이 나왔다. 아이가 자전거를 타고 가는 길은 얼마나 예쁘고 아름다운지 모른다. 나는 성열이가 자전거를 타면서 즐거워하는 모습을 쫓아다니며 사진에 담았다. 성열이가 더 자라서 함께 자전거를 타고 여행할 수 있는 날이 빨리 왔으면 좋겠다.

다음날, 사이클을 타고 수목원 길을 달렸다. 성열이와 함께 달리고 있다는 상상을 하면서…….

봉선사에 들러 약수를 한 컵 마셨다. 청량한 가을이 몸안으로 스며드는 것 같았다. 가을 낙엽처럼 몸이 가벼워져 하늘을 날 것 같았다. 돌아오는 길에 이런 생각을 했다. 우리 곁에서 함께하는 것은 무엇일까? 숲과 바람, 따뜻한 햇볕과 맑은 공기, 매일 만나는 사람들과 새로운 인연들……. 가을이 점점 짙어지고 있다. 2007년 11월 5일

사랑은 구체적이다

해가 많이 길어졌다. 하지만 어느새 산 너머로 숨어버리니 그 사이로 빠르게 어둠이 찾아온다. 날이 밝을 때 출발하시라 했지만, 밤이 익숙하신 분이시라…….

"선생님은 가셨니?"

"네."

산책을 끝내고 온 성열이의 목소리가 흔들린다.

"무슨 일 있었니?"

"아니, 그냥 좀 슬퍼요."

피곤한 모습으로 조용히 잠자리에 든 성열이는 새벽쯤부터 고열에 시달렸다. 아침을 기다리지 못하고 응급실을 찾았고, 성열이는 이틀 동안 학교를 쉬었다. 몸으로 말하는 어린아이 앞에서 왠지 말의 부끄러움을 느꼈다.

사랑은 구체적이다. 2004년 봄

성열이 일기

시험공부 〈동시〉

오늘은 후루룩 국수(국어와 수학)를 먹었다.
내일은 아삭아삭 사과(사회와 과학)를 먹어야지.
성열이 일기 2007년 4월 20일

　일기장 윗줄에 달랑 붙은 두 줄의 글을 보며 '무슨 일기가 이렇게 짧지?' 하는 생각을 했는데 제목 옆에 '동시'라는 작은 글씨가 있었다. 시는 짧게 쓸 수 있으니 일기를 쓰기 싫을 때 성열이는 가끔 시를 쓴다. 한눈에 쏙 들어온 글에서 간식을 먹으면서 시험공부를 하겠다는 줄 알았다. 괄호 속 글을 뒤늦게 확인하고는 픽 하고 웃음이 났다. 예전 같았으면 국산(국어와 산수)품을 애용하고 사자(사회와 자연)와 한판 싸움이 붙었을 성열이……. 2007년 4월 23일

진짜 생각

"성열아, 아빠 차 한 잔 타다줘."

"싫은데……."

"그럼 아빠 삐친다."

"타다주면 뭐해줄 건데."

"해줄 거? 없는데……."

"그럼 안 한다."

"정말?"

"정말 안 한다."

잠시 후, 아빠의 눈길을 모른 체 피하고 있던 성열이 생각이 바뀌었는
지…….

"아빠 무슨 차 타줄까?"

"커피."

"커피는 몸에 안 좋다던데, 다른 걸로 주문해."

"그래도 커피."

"몸에 나쁘다니까? 다른 걸로……."

"때론 나쁜 게 약이 되는 경우도 있단다. 성열아, 성열이가 좀 더 크면 알게 될 거야."

"알았다. 내가 착해서 타주는 거다."

"그래 고맙다. 착한 아들……."

차를 들고 온 성열이가 또다시 말을 건다.

"뭐해줄 건가? 뭐해줄 건가?"

"해줄 거 없다."

"그럼 커피 안 준다."

아빠랑 장난도 치고 싶고 게임도 하고 싶은 성열이. 그 마음 알고 있으니 모른 체할 수가 없다. 방학 때만이라도 놀아야지 신나게, 방학이니까…….

"알았다. 성열이 하고 싶은 거 해."

"히, 아빠. 그럴 줄 알았다."

재빨리 서재로 달려가는 성열이, 컴퓨터 켜는 소리가 들린다. 성열이는 끈기도 있고 집중력도 있다. 옳고 그름을 판단할 줄도 알고 무엇을 해야 할지 하지 말아야 할지 가늠할 줄도 안다. 하지만 보통 아이다. 해야 할 것보다는 좋아하는 것에 마음을 먼저 빼앗기는……. 가려야 할 것을 이성으로 판단해서 행동하는 아이는 이미 아이가 아니다. 그것은 어른이 취해야 할 태도다.

아이는 마음 가는 대로 몸을 움직이며 크는 것이 좋다. 아이가 크는 것은 아이들의 숫자만큼 많은 길 중에 한 길을 가는 것이다. 그 길에서 넘어지고 혹은 길을 잃어 먼 길을 돌아가더라도 때가 되면 대부분 제자리로 돌아온다.

그 과정이 진실했다면 아이는 지혜를 얻었을 것이다.

남녀가 이성을 보고 첫눈에 반하는 데 걸리는 시간은 3초면 충분하다고 한다. 그런데 3초도 걸리지 않는 아이들의 판단과 생각에는 특별한 사유가 없다. 본능이 그대로 작용하는 것이다.

아이들의 본능은 단순하고 명확하고 분명하다. 진짜 생각이다. 진짜 생각대로 자란 아이가 건강한 아이다. 주변의 간섭은 이겨내야 한다. 진짜가 가짜와 다른 점은 변하지 않는다는 것이다. 가짜는 변하지만 진짜는 변하지 않는다. 겉은 변할 수 있지만 속은 결코 변하지 않는다. 변하지 않는 것이 진짜다.

아이가 어른이 되는 과정은 아이의 빈속을 채우는 과정이다. 진짜로 채워져야 진짜가 된다. 2009년 1월 20일

망치지 않을 정도의 공부

"성열아! 시험공부 좀 했니?"

"응. 망치지 않을 정도……."

"망치지 않을 정도? 그게 뭔데?"

"아빠가 늘 말하는 대로 80점 이상을 맞는 거지."

"그래? 그런데 그게 가능해? 집에서는 통 공부를 안 하잖아."

"가능해. 지난번 수학 단원평가시험도 하나밖에 안 틀렸잖아. 아빠도 모르겠다는 그 문제만……. 아빠, 날 못 믿는 거야?"

"아~ 아니, 그런 건 아닌데 뭐 시험 볼 날이 가까워지니까 한번 물어본 거지."

성열이가 오히려 큰소리다. 시험준비를 하라고 할 참이었으나 더는 말을 잇지 못했다. 그래도 뭔가 미련이 남았다.

"그렇게 공부를 하지 않고 80점 맞을 수 있겠어?"

"할 때는 하고 놀 때는 놀고. 난 아빠가 하라는 대로 하고 있는 거야. 수업시간에 집중하거든. 하긴, 나처럼 공부 안 하고 80점 넘는 아이도 없는 것 같다. 나, 천재 아냐?"

"그래 참 신기한 일이야. 어려운 문제도 많던데……."

공부 좀 시키려다 성열이를 칭찬해주는 꼴이 되고 말았다.

"아빠, 할 때는 잘하니까 걱정하지 마. 선생님께서도 초등학교 때는 놀아야 한다고 했어. 아빠도 아이들은 노는 게 공부라고 했잖아. 그런데 그림노트모임은 언제 가는 거야?"

성열이가 오매불망 이날을 기다리는 건, 그림노트모임이 성열이에겐 소풍가는 날과 다름없기 때문이다. 10년 동안을 모여서 신나게 노는 모임이었으니 노는 것의 달인 성열이에겐 당연한 일이다.

"반고 샘이 전시회가 많아 그동안 바쁘셨는데, 이제 모임 날이 얼마 남지 않았다."

"병규, 병수 형아 보고 싶다."

다음날 아침.

"아빠, 나 재능문제 학교에 가져간다."

하루씩 정해진 양을 그때그때 하지 않고 검사받기 하루 전날 학교에서 한꺼번에 풀어오는 성열이. 성열이에게 공부하는 곳은 오로지 학교일 뿐이다. 쉬는 시간에 놀지 않고 틈틈이 해야 할 텐데, 기특한 녀석.

"형아는 언제 와?"

"12시나 돼야 오잖아."

"그걸 왜 매일 묻니?"

"심심하니까……. 아빠, 나 음악 들을래."

아이팟을 꺼내 이어폰을 귀에 꽂는다. 골동품 신세가 돼버린 전축. 나도 곧 전축 같은 신세가 되는 건 아닐까?

늦은 밤. 아이들의 수다가 시작되었다. 긴 겨울밤 화롯가에 모인 아기다람쥐처럼 소곤소곤 밤톨 까는 소리. 키득키득 웃음이 방안 가득 넘쳐흐른다. 뭐가 그리 재미있을까? 무슨 할 말이 그리 많을까? 자정이 훨씬 넘은 시간. 밤이 하얗게 새어버릴 것 같다.

제열이는 새벽에 일어나야 하는데. 성열이가 형아를 놔줘야 하는데. 유리알처럼 때르르 구르는 아이들의 이야기는 그칠 줄 모른다.

고3, 입시라는 거대한 공룡을 피해갈 수 없는 안타까운 청춘. 제열이는 어린 동생과 함께하는 시간만이 유일한 휴식일지 모른다.

아이들의 일상을 바라보는 것은 나에겐 소소한 즐거움이다. 더불어 밝고 건강하게 자라는 것은 기분 좋은 선물이다. 크리스마스이브, 머리맡에 두고 간 산타의 선물처럼 참 기쁜 선물이다. 2009년 4월 28일

본래 주인은 반딧불이였는데……

아빠 작업실 근처에는 커다란 저수지가 있어. 산으로 둘러싸인 저수지는 길이가 1.5km 정도 되는데 겨울엔 저수지 전체가 꽁꽁 언단다. 축구장보다 더 큰 얼음판이 만들어지는 거야. 꽁꽁 얼어붙은 얼음판 위에서 아이들은 추위를 잊은 채 썰매를 타고 어른들은 얼음을 깨고 빙어낚시를 해. 저수지 물이 따뜻할 땐 아빠는 수영을 했어. 저수지의 역할은 홍수를 조절하여 재해를 방지하고 논과 밭에 물을 대주는 것이지만 사람에게 놀이터가 되고 휴식처가 되어주기도 해.

언제부턴가 저수지 주변의 논과 밭이 도로와 아파트로 변하더니 저수지는 공원이 되어버렸어. 사람들이 점점 많이 모이자 저수지 주변에 둘렛길이 생겼어. 한강 둔치에 자전거도로가 생긴 것처럼 저수지 주변을 정리해서 길을 만든 거야. 둘렛길이 생기기 전에는 낮에는 새들이 밤에는 반딧불이가 모이는 숲 속의 신비한 호수였는데 이젠 사람이 모이는 광장으로 변해버렸어. 사람들은 강아지와 함께 산책하거나 조깅을 즐기기도 해. 주말이 되면 사생대회를 열기도 하고 음악 연주도 하던 어느 날부터 반딧불이 모습이 보이지 않았어. 반딧불이가 집을 잃어 떠나버린 거야. 반딧불이가 저수지를 떠난 것은 갑자기 많아진 사람들 때문은 아니었을 거야. 변해버린 환경 때문에 집을 잃어서일 거야. 왜 사람들은 자기들 생각만 하며 환경을 바꿔버리는 걸까? 본래 주인은 반딧불이였는데…….

저수지는 천마산에서 내려오는 물이 모여 생긴 거야. 물이 맑아서 수영도 하고 낚시도 하고 논과 밭에 물을 대주었던 거지. 그런데 이젠 인공 어항처럼 사람들만을 위한 것이 되어버렸어. 자연은 인간을 위해 희생만 해야 하는 걸까? 우리가 먹는 음식은 모두 자연의 것으로 살아 있는 것이 죽어서 오는 거야. 자연에겐 참 고맙고도 미안한 일이지. 그러니까 우리도 받은 만큼 자연에게 돌려주어야 해. 그건 책임이고 의무이기도 한데, 많은 사람이 그걸 잊고 있거나 모르고 있어. 우리는 그것을 실천하기 위해 무엇을 해야 할까? 곰곰이 생각해보면 지금 내가 해야 할 일이 무엇인지 알 수 있을 거야. 그리고 그것이 즐겁게 하고 싶은 일이라면 그 일을 하는 것이 최고라는 생각이야.

인간은 참 욕심이 많은 동물이야. 탐욕은 우리의 삶을 망치니까 조심해야 해. 지속 가능한 삶을 가능하게 하려면 자연을 이해하고 자연과 함께하는 삶을 살아야 해. 모든 생명체에는 인간과 동등한 지위를 부여해야 하며 인간도 생태계의 일부임을 인식하고 자연을 '인간을 위해 존재하는 수단'으로 보아서는 안 돼. 심층생태론을 주창하신 노르웨이의 철학자 아르네 네스의 말씀이란다. 2012년 1월 23일

그때

"아빠. 아빠는 내가 엄마에게 간다고 했을 때 서운하지 않았어?"

"아니. 성열이가 가고 싶어했으니까 당연히 가는 거지. 하지만 걱정이 되었지. 그래서 어려운 일 생기면 제일 먼저 아빠에게 연락하라고 했잖아. 기억 나니? 엄마에게 간 지 일주일쯤 되었나? 성열이가 아빠에게 한 첫 전화였는데?"

"뭐였지?"

"전화를 받고 '성열아 왜?' 하고 물었더니 '아빠, 나 집 나왔어'라고 했지. 순간 무슨 일이 있었나 걱정을 하면서도 통화가 되어 안심이 되었어. 어디냐고 물었더니 아파트 계단 내려가는 중이라고 했지. 엘리베이터에선 전화가 안 되니까 계단으로 내려가면서 바로 아빠에게 전화한 거였어. 아빠는 그 상황을 보지 못했지만 본 것처럼 생생하게 기억하고 있어. 그리고 성열이는 약속을 소중하게 생각하고 꼭 지키는 아이라는 것도 확인할 수 있었지. 집 나온

이유가 궁금해서 왜 그랬냐고 물었더니 엄마랑 다투다가 나가라고 해서 나왔다고 했어. 그때 아빠는 재미있어서 속으로 크게 웃었지. 순하고 착한 엄마가 질풍노도 사춘기의 남자 성열이 마음을 몰라 싸우는구나, 하고……." 그때가 성열이 중학교 1학년 봄이었으니 벌써 3년 전 이야기다.

"성열아, 어디야?"

"학교 축제 중이야. 8시에 끝나."

"그래, 아빠가 반포로 갈게. 사평역에서 만나자."

성열이에게 주려고 현금카드에 5만 원을 입금했다. 성열이 생일날에는 만날 수 없을 것 같았다.

"아빠, 어디야? 출발했어?"

"응."

"어떻게 하지?"

"왜?"

"친구가 축제에서 일등 해서 상금을 받았어. 그래서 친구들과 함께 저녁 먹기로 했는데."

"잘됐네. 그럼 몇 시까지 갈까?"

"9시. 그런데 아빠는 작업실로 다시 돌아가야 하잖아."

"괜찮아."

팔현리 모퉁이를 돌아갈 때 전화가 왔다. 약속 장소에서 기다릴 생각으로 발길을 돌리지 않았다.

기특한 녀석. 아빠의 수고를 배려하다니. 사평역 안에 있는 커피숍에서 이진경의 글을 읽으며 성열이를 기다렸다.

"아빠, 어떤 일 하는 거야? 힘든 일 한다면서 용돈을 막 줘도 아깝지 않아?

어른이 되면 그런가? 지금 아빠는 넉넉하지도 않잖아."

"성열이도 아빠가 되면 알 수 있을 거야. 아깝지 않아. 넉넉하게 못 해줘서 안타깝지."

키위와 딸기를 좋아하는 성열이는 잠깐 고민하다가 생딸기 주스를 주문했다. 제열이가 작업실에 온다고 하여 함께 가자고 했으나 성열이는 엄마에게 미리 허락을 받지 않아 다음에 가겠다고 했다.

형은 어른이 되었다고 마음대로 하고 성열이는 아직 미성년이라 엄마의 간섭과 참견도 기꺼이 받아들였다. 아니, 형제지만 기질의 차이였다. 성열이는 받아들이는 편이고 제열이는 기운이 닿는 대로 행동하는 아이였다.

성열이를 집까지 바래다주며 시간을 더 보내고 싶었으나 제열이와 만나기로 한 약속 때문에 발길을 돌려야 했다.

젠장, 영화나 소설 속 이야기 같다는 생각을 하며 멀어지는 성열이 뒷모습을 바라보았다.

빗소리에 잠이 깼다.

장대 같은 빗줄기 소리는 살짝 열어놓은 창틈 사이로 마구 쏟아져 들어왔다.

수면안대를 벗고 창을 보니 밖이 환하게 밝아 있었다.

"아빠, 나 용돈 31일에 보내줘. 토요일에 바지 다시 줄이려 했는데 일요일엔 왠지 수선집이 문을 안 열 거 같아서."

"31일 오후에 입금되는데. 지금 아빠에게 3만 원 있는데 3만 원으로 옷 줄일 수 있어?"

"응."

"성열아 3만 원 송금했다. 옷 예쁘게 줄여. 수업시간에 휴대폰 사용하다 빼앗기지 말고……."

"알았어. 아빠 돈은 있어?"

"이제 없어. 31일 입금되니까 괜찮아.^^"

"그럼 이틀 동안 어떡해?"

"돈 쓸 일 없어. 오늘 비 와서 쉬고 있어. 목이 아파 병원에 갈까 했는데 심하지 않으니까 괜찮아."

"알았어. 조심해."

"응."

비가 계속 내렸다. 번개가 치고 천둥이 울리며 무섭게 쏟아졌지만 우기에 내리던 비와는 달랐다. 빗소리에선 느린 다장조의 멜로디가 들렸고 가을 냄새가 났다. 2013년 8월 29일

대화

"아빠, 술 마시고 전화 좀 하지 마라."
"야 . 치사하다. 아빠는 술 마시면 성열이 생각뿐인데."
"한 말 또 하고 한 말 또 하고 그러니까 난 귀찮다고……."
한 말 또 하고 한 말 또 하는 것이 사랑이란다.

2012년 5월 30일

사랑 크기 재보기

"성열아!"

"네."

"아빠 말 듣지 않으면 '사랑 two' 시작한다."

"내가 '사랑 two' 삭제할 거야."

"아빠 비밀폴더에 있어서 성열이가 삭제할 수 없는데……."

"아빠 아이디로 들어가면 돼요."

"아빠 아이디 알아?

"네."

"뭔데?"

"liveinisland."

"비밀번호는?"

"거기는 비밀번호 없어요."

"비밀번호 없는 아이디가 어디 있니?"

"거기는 아이디만 있으면 들어갈 수 있어요. 난 아빠 몸을 볼 수 있어요."

"정말?"

"네."

"아빠는 안 보이는데……."

"마음이 착한 사람은 볼 수 있어요."

"엥?"

"아빠는 마음이 나쁜 사람인가?"

"어른이 되면서 마음이 조금씩 나빠진대요."

"누가 그랬는데?"

"책에서 보았어요."

"그렇구나."

"성열이는 어른이 되어도 모두 볼 수 있도록 착한 마음씨 끝까지 간직하세요."

"네."

"성열아!"

"그런데 성열이는 아빠 사랑 안 하지?"

"아니, 해요!"

"얼마큼?"

"아빠가 나 사랑하는 만큼……."

"그럼, 아빠 사랑 안 하는 거 맞네."

"왜요?"

"아빠는 성열이 얼마큼 사랑하는데요?"

"요~만큼……."

"우~씨."

"아빠, 그럼 나 죽는다."

"성열아! 그런 말은 함부로 하는 게 아니야."

"뻥이야."

"얼마나 사랑하냐면 하늘만큼 땅만큼……."

"크리스마스 하늘만큼 무한대만큼 사랑해."

"아빠도."

"성열아! 이제 이 닦고 와."

"지금 안 잘 건데요."

"미리 닦고 오세요."

"싫어요!"

"어?"

"아빠! 나 그럼 사랑 배꼽 아래만큼 내려간다."

"성열아?"

"아빠가 성열이 얼마큼 사랑하는 것 같아?"

"내가 사랑하는 만큼……."

"아빠는 몇 시에 잘 거야?"

"7시."

"형아 깨우고 학교 가는 거 보고 그리고 자야지."

"우!"

"말이 안 돼 말이 안 돼……."

"아빠는 밤에 안 자잖아."

곁에서 끄덕끄덕 졸던 성열이는 그새 누워 잠이 들었다. 결국 오늘도 양치질을 못했다. 쌔근쌔근 숨을 고르며 자는 아이.

성열이 초등학교 입학 바로 전해 겨울이다. 그 무렵 아이들 사이에 유행처럼 번졌던 말 중의 하나는 '뼁이야'였다. 6학년인 형 제열이에게 배운 이 말이 재미있었는지 성열이는 아빠와 대화할 때도 곧잘 사용했다. 의미 전달이 부족한 언어라 사용하지 못하도록 주의를 시켰더니 그후로 습관이 사라졌다.

아이들에게는 모든 것들이 잘 스며든다. 옳은 것도 그른 것도. 옳고 그름을 가릴 수 있도록 섬세한 관심을 주어야겠다.

'사랑 two'는 아빠가 아이들에게 내리는 체벌의 한 종류이다. 여러 번 말해도 안 될 경우에 사용하기로 한, 아이들과 약속한 다른 형태의 사랑법이다. 아직 한 번도 사용하지 않았기에 아이들에게는 공포의 대상이다. 워낙 겁이 많은 두 아이에게 묘약처럼 잘 듣는 훌륭한 처방전이기도 하다.

'사랑 two', 영원히 마음속에서만 존재하기를…….

2003년 늦겨울 성열이 일곱 살 때

산책

성열이의 손을 잡고 산책하는 시간은 내게 특별한 시간이다. 산책하면서 이야기를 나누다 보면 성열이의 생각과 마음을 알게 되는데 그 생각들은 아주 간단하고 명료하다. 복잡한 어른들의 생각과는 다르다. 문제와 답이 분명하다. 그런 성열이의 생각과 마음은 맑은 시냇물과 같아서 속이 그대로 들여다보인다. 졸졸졸 흐르는 물소리도 들린다.

성열이와 함께 산책하며 이야기를 나누다 보면 어디선가 시원한 바람이 불어오는 것 같다. 몸과 마음이 맑아짐을 느끼는 것이다.

오늘은 롤러블레이드를 신고 나섰다.

"아빠, 나 눈 감고 있을게, 아빠가 앞에서 끌어주세요. 그리고 턱이나 하수구가 나오면 알려주세요."

"알았어."

산책하는 동안 성열이는 할 말이 참 많다. 궁금한 것도 많다. 끊임없이 한

참 이야기하다 보면 가끔은 생각이 깊은 곳에 닿을 때도 있다.

성열이의 생각 높이에 이야기를 맞추려고 하지만 번번이 내 생각 속에 아이가 들어와 있음을 알고 순간순간 놀라게 된다. 나는 성열이의 생각 속에서 어려운 문제의 해답을 광고판의 큰 글씨처럼 뚜렷하게 보는 것 같다.

"아빠, 거실에 있는 소파를 펴줄 수 있어?"

"할 수 있지. 그런데 왜?"

"내가 마술을 하나 배운 게 있는데 아빠에게 보여주려고. 그런데 마술을 하려면 침대가 필요하거든……."

"그래? 그러면 엄마 방에서 하면 되잖아. 소파를 폈다가 다시 접으려면 좀 귀찮아서……."

"그래도 펴주면 안 돼? 엄마는 아빠가 엄마 방에 들어오는 거 싫어하잖아."

"그래? 왜 그렇게 생각해? 아빠가 엄마 방에 자주 들어가는 것은 아니지만 싫어한다고 생각해본 적은 없는데……."

"난 그런 생각이 들어. 엄마는 싫어하는 것 같아."

거실 한쪽엔 또 다른 소파가 있다. 전에 사무실에서 쓰던 것인데 특별히 아끼는 물건 가운데 하나다. 아이들이 책을 읽을 때 가끔 앉지만 자주 사용하지는 않아 빈자리가 늘 외로워 보이는 녀석이다. 집으로 들어와 용도를 잃어버린 것이 꼭 내 모습을 보는 것 같아 마음이 아리다. 성열이의 마지막 이야기에 나는 잠시 생각이 멈춰버렸다.

"성열아 턱이다, 조심해. 이번엔 내리막……."

나는 대화의 방향을 돌리려고 일부러 턱이 있는 쪽으로 성열이를 유도했다.

"성열아. 오늘 드디어 아빠 통장에 돈이 들어왔다. 그래서 카드대금 결제했다."

"그래? 이제 엄마가 걱정 안 하겠네……. 그거 엄마 카드잖아. 엄마가 걱정 많이 하고 있었거든."

"네가 어떻게 알고 있니?"

"내가 엄마랑 방을 같이 쓰잖아, 그래서 알 수 있어. 전화통화를 할 때 들어 보면 무슨 내용인지 다 알 수 있어."

"엿듣는구나?"

"일부러 그러는 것은 아닌데 그냥 듣게 돼. 통화할 때마다 귀를 막고 있을 수는 없잖아."

"하긴 그렇다."

대화의 방향을 돌렸는데도 대화의 주제는 다시 원점으로 돌아와버렸다. 성열이와 이야기를 계속 이어가야 하는지 고민스러웠다. 초등학교 3학년인 성열이와 나누는 대화의 내용은 성열이의 이야기가 아니라 나의 이야기였기 때문이다.

"성열아, 슈퍼에 들렀다 가자. 저녁에 삼겹살 파티 어때?"

"좋지. 아빠 정말 돈 많이 벌었구나. 얼마 벌었어?"

"궁금하니?"

"응. 형아 교복도 새로 사야 하잖아. 그것도 사줄 수 있어?"

"그럼 사줄 수 있지. 넉넉하진 않지만 성열이와 형아가 필요한 것은 다 해 줄 수 있지."

"아빠가 항상 돈을 많이 벌었으면 좋겠다."

"그래. 아빠도 그랬으면 좋겠다."

이 녀석의 생각은 도대체 어디까지 따라오려고 하는 걸까? 형아의 교복을 사는 것까지 생각하고 있다니……. 교복에 대한 호기심과 동경 때문에 그런 것이겠지? 제열이는 사립학교를 다녔기 때문에 초등학교 때부터 교복을 입었다. 성열이는 교복을 입은 형아의 모습이 어렸을 때부터 특별하게 보였나 보다. 얼른 커서 학교에 가면 교복을 입을 수 있겠지 하는 생각을 했을지 모른다. 그런데 막상 성열이는 형아가 다니는 학교에 가지 못하고 집 가까이에 있는 초등학교에 입학하게 되었다. 물론 교복을 입는 학교가 아니었다. 성열이의 꿈은 입학과 함께 사라지고 말았다. 그래서 마음속에 새겨진 교복에 대한 아쉬운 생각 때문일 거야, 나는 그렇게 생각하기로 했다.

성열이는 제열이와 달리 소유에 관한 것에도 민감한 편이었다. 둘째들이 갖는 특성 중 하나이기도 하지만 언제나 형아를 동경하고 형아처럼 하고 싶은데 그럴 수 없는 상황에서 형성되는 마음인가 보다. 가지고 싶은 것, 필요한 것들을 해결할 수 있는 것의 원천이 재화이며, 가족 중에서 그것을 창출할 수 있는 사람이 아빠란 것도 성열이는 이미 알고 있는 듯했다.

"성열아. 우리 가위바위보 게임 할까?"

"내가 가위바위보 잘하는 거 아빠가 알고 있구나."

건널목에서 신호를 기다리며 나는 성열이에게 가위바위보 게임을 하자고 했다. 설명이 필요한 이야깃거리가 필요했기 때문이다. 결과는 성열이가 한 번, 내가 한 번 이기고 세번째는 신호가 바뀌는 바람에 무승부가 되었다. 그리고 다시 이야기를 시작했다.

"성열아. 돈을 번다는 것은 가위바위보 게임과 같은 거야. 이기고 지는 것처럼 많이 벌 때 적게 벌 때가 있고 무승부처럼 때로는 벌지 못할 때도 있는 거야. 생각은 언제나 많이 벌고 싶겠지만 가위바위보 게임처럼 뜻대로 되는 것은 아니란다. 열심히 성실하게 사는 태도가 중요한 거야. 행복은 그곳에서 만나게 되는 거란다."

"맥주도 사고 치약도 사고 쌀도 떨어져 가니까 쌀도 사자. 성열이는 밥을 많이 먹고 쑥쑥 자라야 하니까 밥맛이 제일 좋은 쌀로 사자."

쇼핑을 끝낸 후 쌀은 배달을 시키고 나머지는 배낭에 담아 슈퍼를 나왔다. 성열이는 다시 눈을 감고 손을 내밀었다. 장갑 안으로 쏙 들어오는 성열이의 작은 손은 나이를 한 살 더 먹는 것과는 아무런 상관이 없는 것 같았다. 혹시 더 작아진 것은 아닐까?

"성열아, 저녁에 엄마랑 잘 때, 쌀도 사고 카드결제도 했다고 엄마에게 이야기해줘."

"왜? 아빠가 직접 하지."

"아빠가 좀 미안해서 그래. 그러니까 성열이가 대신 이야기해줘."

"아빠가 엄마 사랑하는 거 맞구나. 나를 사랑하는 것처럼……."

"그럼 당근이지. 아빠는 우리 가족 모두를 정말 사랑해. 그런데 성열아. 사랑하기 때문이기도 하지만 이런 경우는 책임이라고 하는 거야. 아빠의 책임."

"쌀을 사고 카드대금을 내고 형아의 교복을 새로 사는 일. 모두가 아빠의 책임이란다. 아빠가 하지 않으면 다른 사람이 대신 해줄 수 없는 일이잖아. 성열이도 성열이가 책임져야 할 일이 있는데 그게 무엇인지 알고 있니?"

"응, 알아. 아빠가 이야기해줬잖아. 건강하게 자라기 위해 잘 먹는 것. 몸으로 먹는 음식과 머리로 먹는 음식을 골고루 잘 먹어야 한다고 했잖아."

"그래, 기억하고 있구나. 성열이가 책임질 일 중 하나는 음식을 잘 먹는 거야. 왜 잘 먹어야 하는 것도 알고 있니?"

"그건 모르겠는데."

"그 이유는 어른이 되면 책임을 질 수 있어야 하기 때문이야."

"Do you understand? 그러니까 잘 드셔야 해요. 알았지?"

제열이가 자리를 펴고 저녁 준비를 하는 동안 나는 상추를 씻고 쌈장을 만들었다. 제열이는 확실히 먹성이 늘었다. 하지만 성열이는 아직도 먹는 것에 관심이 없다. 머리로 먹는 음식만큼만 먹어주면 얼마나 좋을까.

음식을 먹는 것은 배고픔을 해결하기 위한 것이기도 하지만 부모가 낳아준 몸을 가꾸고 키우는 일이다. 음식은 몸을 키우고 내면의 정신세계를 풍요롭게 하는 데 꼭 필요한 재료이다. 삶은 음식으로 완성된 몸과 마음으로 여행하는 것이다. 겉으로 드러나는 모양에 가치를 두는 삶과 내면의 세계를 풍요롭게 하는 삶 중에서 어떤 삶을 선택할지는 음식을 어떻게 소화해냈는지의 결과이다.

나는 아이들이 튼튼한 몸과 마음으로 내면세계를 풍요롭게 하는 건강한 삶을 살기 바란다. 모양을 중시하는 삶도 때론 필요하지만, 그것은 대부분 허영에 지나지 않는다. 소중하고 가치 있는 것들은 눈에 잘 드러나지 않는다. 그것은 마음의 눈을 떠야 볼 수 있다.

성열이는 아직 작고 어리지만, 나태한 나의 일상 속으로 들어와 잠자고 있는 의식을 깨워주곤 한다.

무뎌진 영감靈感에 새싹을 돋게 하는 성열이와의 산책, 그것은 아마 무료함으로 지쳐가는 나의 일상을 견디게 하는 숨일지도 모르겠다. 2007년 2월 2일

아빠! 패티김 알아?

"아빠! 한기범 아저씨 알아?"

"알지. 국가대표 농구선수였는데 키가 제일 컸어."

"키가 몇인데?"

"205cm? 그렇게 알고 있는데."

"와~ 정말 크다~!!! 그런데 어디가 많이 아픈가 봐. 재수술 받는대."

"오래전부터 아프다는 이야기를 들었는데 아직 낫지 않았나 보다. 우리 모두 도와줘야 하는데."

"왜?"

"국가를 대표해서 힘들게 많은 땀을 흘렸으니까 빨리 나을 수 있도록 도와줘야지. 올림픽에서 메달을 따는 선수의 모습을 보며 우리가 즐거워했듯이 한기범 아저씨도 운동을 통해 우리에게 많은 기쁨을 선물했으니까……."

"그렇구나……. 아빠, 패티김 알아?"

"알지."

"노래 잘해?"

"그럼, 올림픽에 나가면 금메달 수준일 걸."

"몇 살이야?"

"할머니야. 나이 많아."

"조용필 아저씨보다 많아?"

"그럼, 훨씬 많아. 친할머니랑 비슷할 걸."

"곱게 늙었다."

"하하~. 성열이가 그런 표현을 할 줄도 아네."

나는 성열이의 표현이 하도 귀여워 속으로 계속 웃었다. 유쾌하고 행복한 바이러스가 몸안에 온통 퍼진 느낌이었다.

성열이는 가끔 가수가 되고 싶다는 이야기를 했다. 의지를 담은 구체적인 희망을 이야기하기는 처음이었다. 음악시간에 노래 부르기 시험을 보았는데 가장 잘 불러 칭찬을 들었다는 이야기도 했다. 나는 멋있고 훌륭한 가수가 되라며 칭찬해주었다.

성열이가 3학년일 무렵에 버즈의 노래가 좋다며 따라 부르던 모습이 생각났다. 비틀즈의 노래가 나올 때 누구의 노래냐며 궁금해 했을 때도 나는 고개를 갸웃했었다. 요즘 노래를 좋아하는 성열이는 발라드나 록에서는 시대를 떠나 마음에 드는 노래에 관심을 보였다. 평소에 음악을 즐겨 듣고 있지만 요즘 대중가요엔 별로 관심이 가지 않았다. 요즘 대중가요는 발효되지 않은 패스트푸드를 먹는 기분? 토스트나 햄버거를 먹는 느낌이다. 달콤해서 입맛을 당기긴 하지만, 몸에는 그리 좋지 않은…… 어린 가수들의 모습은 하나같이 정교하게 다듬어진 로봇 같다. 개성과 향기 없이 다양한 기능만 있는 로

봇⋯⋯. 모두 그렇다는 것은 아니다. 하지만 그 노래가 그 노래 같고 그 아이가 그 아이 같은 대중 스타들⋯⋯. 어쩌면 요즘 문화에 적응 못할 정도로 내 나이가 어느새 꽉 차 있는 건지도 모르겠다.

성열이가 가수가 되겠다면 아이 입에 오르내리는 조용필이나 패티김처럼 훌륭한 가수가 되기를 바랐다. 반짝 빛나고 사라지는 별이 아니라 아주 밝지는 않아도 밤하늘의 북극성처럼 언제나 그 자리에서 한결같이 빛나는 별이 되었으면 좋겠다. 오래오래 음악을 즐기고 사랑하며 올림픽 폐막식에 등장했던 지미 페이지처럼 멋있게 늙었으면 좋겠다. 먼 훗날 나이 들어도 성열이 같은 어린아이에게 곱게 늙었다는 이야기를 들었으면 좋겠다. 2008년 10월 10일

책을 읽는다는 것

"성열아 일어날 시간."

"아빠, 3분만 더."

아침에 일어나는 것은 언제나 고역이다. 어제는 스케이트를 타서 그런지 더 힘들어하는 것 같다.

힘들게 일어나더니 오리궁둥이처럼 허리를 뒤로 빼고 엉거주춤 걷는 모습이 우습다. 이렇게 힘든 날은 하루 쉬게 해주고 싶은데⋯⋯. 하지만 피곤하기 때문에 쉰다면 학교가 이해해줄까? 쉬게 해야 할지 보내야 할지 나는 잠시 고민했다. 중요한 것은 성열이의 생각이다.

세수를 하고 나온 성열이의 얼굴은 아기 피부처럼 뽀얗다. 봄의 새싹처럼 맑다. 지난여름의 까맣게 탄 모습은 찾아볼 수 없다. 손바닥 하나로 다 가려지는 작은 얼굴에 로션을 발라주었다. 피부가 아기처럼 뽀송뽀송하고 부드럽다. 이렇게 가까이서 아이를 만지고 숨소리를 들을 수 있는 것은 얼마나 큰

행복인가. 나는 아침마다 찾아오는 꿀맛 같은 행복이 그저 감사할 뿐이다.

씻는 것은 깨끗이 하기 위함이다. '깨끗하다'는 사물事物이 더럽지 않고 맑다는 것이다. 빛깔이 흐리지 않고 맑다는 뜻과 가지런히 잘 정돈되어 말끔하다는 뜻도 있다. 일事에 있어서 주체는 사람이니 맑고 깨끗해야 할 것은 몸과 마음이다.

아이들을 볼 때마다 참 맑고 깨끗하다는 생각을 하게 된다. 맑고 깨끗하다는 것은 참 기분 좋은 일이다.

마음을 맑고 깨끗이 하려면 무엇을 해야 할까? 여행을 하고 책을 읽는 것이 좋겠다. 여행은 세상과의 만남이니 그 경험을 통해 나의 존재와 정체성을 확인할 수 있다. 책은 세상 사람들의 삶이 발효되어 나온 특별한 음식이다. 식탁에 오르는 음식을 먹으면 성열이의 몸이 되고, 이 특별한 음식을 먹으면 성열이의 마음이 되는 것이다. 아빠는 성열이가 어른이 되어 삶을 책임져야 할 때까지 이 두 가지의 음식을 특별히 권하고 싶다.

여행은 시간이 많을 때 하고, 틈틈이 시간이 날 때는 책을 읽는 것이 좋겠다. 독서는 책 속의 주인공과 한몸이 되어 새로운 경험(여행)을 하는 것이다. 책을 통한 여행은 기차를 타고 멀리 가지 않아도 시베리아의 넓은 벌판을 달릴 수 있고 비행기를 타지 않아도 높은 하늘을 날 수 있다. 여행을 하다 보면 생각이 조금씩 깊어지고 넓어지는 것을 느낄 수 있다. 마음이 점점 커지는 것이다. 그러면 생각의 날개를 활짝 펴고 어느 곳이든 마음먹은 대로 거침없이 가보는 것이다.

어제 스케이트를 얼마나 열심히 탔을까? 제대로 걷지도 못하는 성열이를 결국 학교에 바래다주었다. 가끔 이럴 땐 아이를 업고 가파른 고개를 넘는 느낌이다. 겨울이 지나고 나면 아이는 한 뼘쯤 더 커 있을 것이다. 아이가 크는

만큼 내 흰머리는 하나둘 늘어가고 주름살도 좀 더 깊어지겠지. 아내의 어두운 표정을 처음 보았을 때가 갱년기를 지날 때쯤이었다. 또 한 번 보았을 때는 50을 넘고 있었다. 나이를 먹는다는 것이 여자에게 상처가 될 수도 있다는 것을 그때 알았다. 그런데 그런 나이를 지금 내가 숨차게 쫓아가고 있다.

아이는 좀 더 크려고 하고 어른은 더 이상 크지 않기를 바란다. 이렇게 저렇게 살아가는 우리들의 이야기가 책 속에 있다. 그래서 책을 읽는 것은 거울 속에 있는 내 모습을 보는 것이다.

게임을 좋아하는 성열이에게 게임을 하고 나서 책도 읽으라고 했다. 성열이는 고개를 끄덕였다.

아이는 책을 읽으며 미래를 꿈꾸고 어른은 책을 읽으며 지나온 삶을 되돌아볼 것이다.

첫눈이 내린다. 어느새 12월이다. 2008년 12월 7일

아빠 없는 날

오늘 아침은 허전하다. 아빠가 없기 때문이다. 아침 일찍 아빠는 운동하러 간다며 사이클을 타고 나가셨다. 나를 깨우고 가셨는데 꽤 이른 시간이었다. 나는 이불 속에서 뒤척이다가 8시쯤 일어났다.

아빠가 없는 거실은 허전하다. 겨우내 아빠는 거실에서 주무셨다. 아빠방이 있지만, 그 방은 시베리아처럼 추워서 잠을 잘 수 없다. 입김이 보일 정도로 춥다. 서재도 있는데 그곳에선 주무시지 않는다. 아빠가 없는 거실 소파에 우리집 강아지 '까미'가 올라가 있었다. 소파 위에 있는 이불을 덮고 이불 속에 웅크리고 있었다. 거실 바닥에 깐 이불은 정리되어 있었다. 어제 저녁 아빠는 소파에서 주무셨나 보다.

까미를 무릎에 앉히고 TV를 보았다. 그런데 왠지 심심하다. 까미가 있어 심심함은 덜하지만 허전한 마음이 채워지는 건 아니다.

까미와 나는 정말 친한 사이다. 자기를 좋아하는 마음을 아는지 까미도 나

를 정말 좋아한다.

아빠가 비행기를 태워줄 때면 나를 괴롭히는 줄 알고 자다가도 일어나 아빠에게 마구 짖어댄다. 까미는 나를 지켜주는 수호천사다.

오늘은 일요일, 형아는 12시가 넘어야 일어날 것이다. 아빠는 저녁때 오신다고 했다. 아빠가 없으면 자꾸 아빠 생각이 난다. 그리고 더 심심해진다. 운동하러 가지 말라고 하고 싶지만 그럴 수 없다. 아빠가 나를 좋아하듯이 운동을 좋아하는 걸 알기 때문이다. 아빠는 나를 보며 빨리 커서 함께 운동을 하자고 하신다. 하지만 내가 크더라도 아빠와 함께 운동하는 것은 쉽지 않을 것 같다. 아빠가 달리기를 할 때 자전거를 타고 따라간 적이 있었는데 너무너무 힘이 들었다.

아빠가 즐기는 운동은 철인삼종 경기다. 조금 덜 힘들고 편한 운동을 했으면 좋겠다. 나와 함께 운동을 하고 싶은 아빠 마음은 진심이다. 아빠는 거짓말을 하지 않기 때문이다.

암튼 난 심심한 게 싫다. 아빠는 세 가지 운동을 하니까 나를 그만큼 더 심심하게 하는 거다. 그래서 궁리 끝에 이야기를 하나 만들었다. 아빠가 운동을 가고 심심해질 때마다 내가 만든 이야기 속으로 들어가는 놀이다. 아빠는 어떤 이야기인지 궁금하다며 자꾸 물으시지만, 알려주지 않았다. 아무도 모르게 혼자 즐기는 재미가 특별하기 때문이다.

이야기 속에 있을 때마다 아빠는 잠을 자느냐고 묻는다. 눈을 감고 누워서 꿈을 꾸듯 여행을 하기 때문에 잠을 자는 줄 아는 거다. 그때 눈을 크게 뜨고 아빠 얼굴에 코가 닿을 정도로 얼굴을 들이밀었다가 다시 눕는다. 그럴 때마다 어리둥절해 하는 아빠의 모습이 재미있다. 나를 심심하게 하는 만큼 나는 이렇게 아빠를 놀려먹는다.

추위도 다 가고 아빠는 운동을 본격적으로 시작할 태세다. 엄마가 할머니 댁에 가신 후부터 운동하는 시간이 더 늘어난 것 같다. 동아마라톤 준비를 한다고 저녁에 또 달리기를 하러 나가셨다. 나는 이야기를 시리즈로 만들어야 할 것 같다. 아빠의 운동을 말릴 수도 없고 때때로 엄습하는 허전함과 심심함을 견딜 수 없으니…….

며칠 전 학교에서 받아온 가정통신문 '장래의 희망'란에 나는 가수라고 적었고 아빠는 작가라고 적었다. 내가 아는 작가는 한생곤 선생님과 이진경 선생님 그리고 데비한 선생님이 있다. 모두 그림을 그리는 화가이다. 그리고 미대를 준비 중인 형아가 있는데 작가가 될지도 모르겠다.

아빠는 내가 화가가 되기를 원하시는 걸까? 하지만 아빠는 선생님들과는 달리 그림은 그리지 않고 매일 사진을 찍고 글만 쓰신다. 글을 쓰는 작가가 되라는 것일까? 이야기 만들기 놀이를 즐기는 것을 보고 아빠는 내가 작가가 되어도 좋겠다고 생각하시는 것 같다. 하지만 지금 내가 되고 싶은 건 멋있게 노래 부르는 가수다.

나는 아빠에게 왜 작가가 되기를 원하느냐고 물었지만 아빠는 나에게 왜 가수가 되려고 하느냐고 묻지 않았다. 어떤 작가가 되기를 바라는지에 대해서도 이야기하지 않았다. 하지만 아빠가 바라는 작가가 무엇인지는 어렴풋이 알 것 같다. 내가 가수가 되고 싶다고 했을 때 아빠는 작곡도 하고 작사도 할 수 있는 가수가 되라고 하셨다.

저녁 늦게 아빠가 오셨다. 술을 한잔 하셨는지 얼굴이 발갛다. 술 냄새도 나고 담배 냄새도 났다. 아빠는 오래전에 담배를 끊었지만, 술을 드실 때 가끔 피우신다. 끊은 담배를 왜 피우느냐고 물으면 기분이 좋아서 피운다고 하셨다. 담배냄새는 싫지만, 이상하게 아빠 몸에서 나는 냄새는 좋을 때가 있다.

아빠는 까미와 함께 샤워를 했다. 샤워를 끝낸 까미 몸에서 좋은 냄새가 난다. 흥이 나는지 이리저리 뛰고 난리다. 까미가 샤워를 하면 다음날 꼭 비가 온다고 아빠가 말했다. 그러고 보니 하늘이 어둡다. 별이 하나도 안 보인다. 비가 곧 내릴 것만 같다.

밤새 봄비가 내렸다. 이제 추위는 다 물러간 모양이다. 두꺼운 외투 대신 가벼운 걸로 바꿔 입었다. 이런, 형아가 내 우산을 가지고 갔다. 기분이 상했지만 아빠가 우산을 빌려주었다. 하이파이브를 하고 엘리베이터를 탔다.

베란다 창문으로 아빠 모습이 보인다. 모퉁이를 돌아갈 때까지 아빠 모습이 보였다. 2009년 3월 12일

향기

베란다 문을 열어놓고 잠는 사이에 찬바람이 들어왔다. 불청객은 감기와 몸살을 동반했다. 그깟 문틈으로 들어온 바람에 맥없이 무너져버리다니…….
머리가 아프고 으슬으슬 춥고 몸을 움직일 때마다 한기가 느껴졌다. 몸에 탈이 나고 말았다. 훈련을 제대로 안 하고 참가한 동아마라톤, 완주 후 몸을 추스르지 않은 것도 한몫을 했다. 쇳덩어리처럼 무거운 몸을 이끌고 힘들게 병원을 찾았다.

닷새째. 아직도 식은땀이 흐르고 팔과 어깨가 시리다. 몸을 움직이면 칼날같은 찬바람이 몸을 후벼파는 것 같다. 사지를 떨며 기침을 하고 나면 기진맥진 하늘이 빙빙 돌다가 노랗게 변했다. 하룻밤 사이에 감기에게 몸을 점령당하고 성열이의 도움을 받아야 하는 신세가 되어버렸다. 보이지도 않는 작은 바이러스 하나를 물리치지 못하고 벌써 며칠째 쩔쩔매는 모습이란……. 하굣길에 잊지 않고 약을 사온 성열이가 한마디했다.

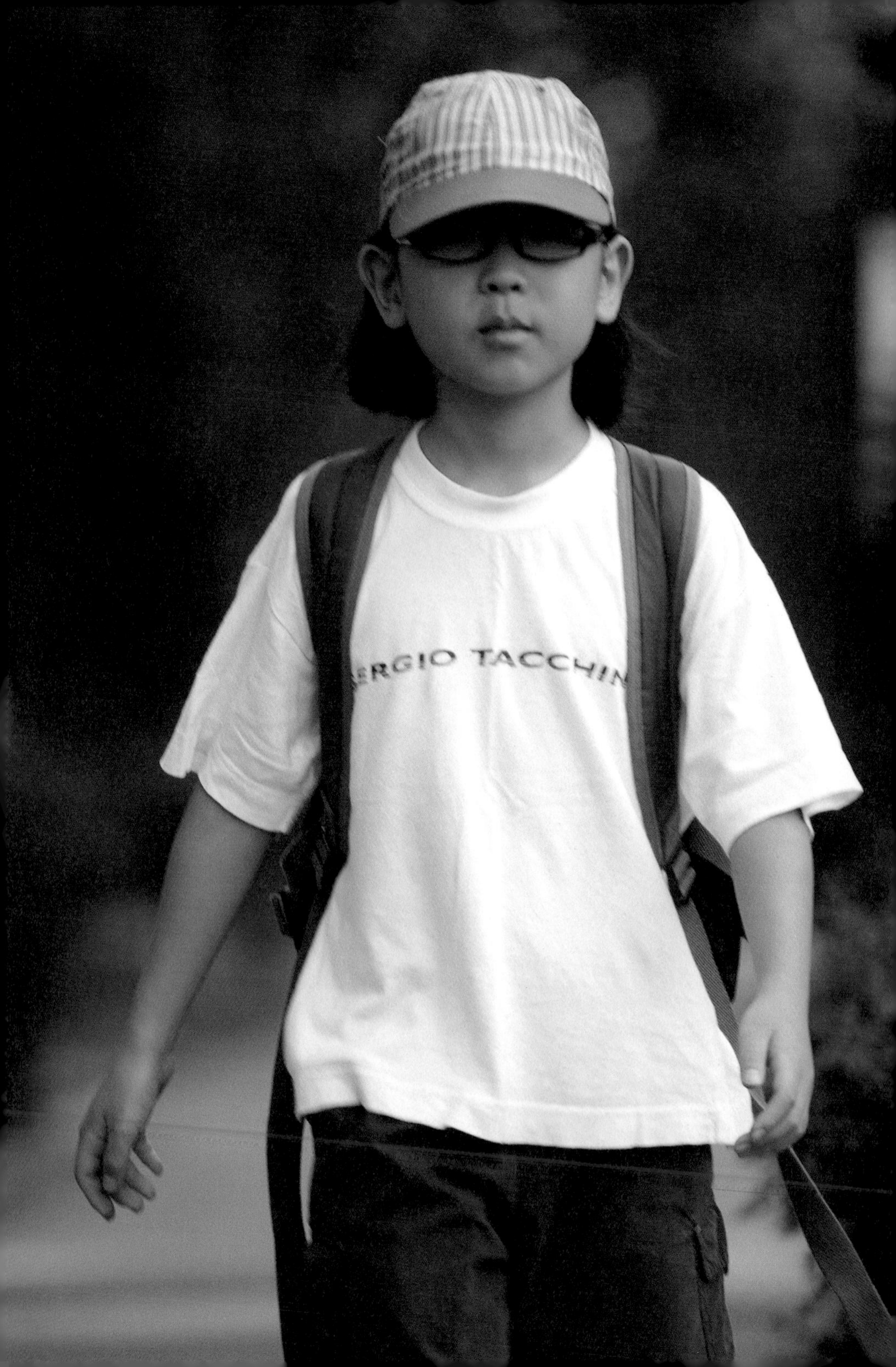
ERGIO TACCHIN

"아빠는 나보고 아프지 말라고 하면서 아빠가 아프면 어떡해? 성열이를 위해 산다면서. 제발 아프지 마, 아빠."

불평스런 말투지만 걱정과 위로가 모두 담겨 있음을 내가 모를 리 없다. 늦둥이 막내라서 늘 가슴에 품고 살았는데, 이 녀석 아빠를 걱정할 만큼 어느새 커버린 모양이다.

영어 특성화반 선발시험을 치르고 평소보다 늦게 귀가한 성열이가 수학시험지를 꺼냈다. A4용지의 깨알 같은 글씨는 눈에 잘 보이지 않았다. 틀린 문제가 생각보다 많아 이유를 묻자 이건 이래서 저건 저래서……. 몰라서 틀린 문제는 딱 하나. 결론은 모두 실수란다.

"그래, 모르는 게 하나뿐이니 다행이다. 성열이가 학교에서 열심히 공부하는구나. 하지만 성열아, 실수란 길을 걸을 때 발을 헛디디는 것과 같아. 자주 되풀이하면 몸이 다치게 될 수도 있단다. 그러니까 조심해야 해."

"알고 있어, 아빠."

아쉬워하지도 안타까워하지도 않는 모습. 그깟 틀린 문제 몇 개……. 대수롭지 않게 생각하며 스트레스를 느끼지 않는 아이에게서 풋풋한 건강함이 느껴졌다.

부모는 자식을 끊임없이 바라보고 자식도 부모를 보며 자란다. 바라보는 대상이 있다는 것은 부담이 되기도 하지만 때론 위안이 되기도 한다.

삶은 시간이 발효되는 과정이리라. 진실로 채우면 아름다운 향기가 되고 거짓으로 채우면 썩어 악취를 풍길 것이다. 내게 주어진 시간을 모두 진실로 채워 아름다운 향기가 되리라. 그 향기를 피우며 아름답게 살리라.

2009년 4월 1일

부러진 앞니 두 개

"야호! 야시장 섰다. 아빠, 나 여기서 놀다가 갈게."

성열이의 목소리가 갑자기 커졌다. 그림노트모임은 언제 가느냐고 매일 묻더니 그동안 놀이에 목말랐던 모양이다.

어둠이 내려앉는 아파트 주차장, 길게 늘어선 백열등이 저녁노을과 함께 붉어지기 시작했다. 마치 소원을 가득 담은 초파일 연등행렬 같았다. 스피커 잡음이 몇 번 삐죽거리더니 걸쭉한 각설이 타령이 들렸다. 소리는 끊겼다 들렸다 하면서 사람 사는 냄새도 짙게 풍겨왔다.

성열이는 차에서 내리자마자 쏜살같이 뛰었다. 뛰어가는 뒷모습을 보면서 나도 파전에 막걸리나 한잔 했으면 좋겠다는 생각을 했다. 아이는 늘 놀 생각을 하고 아빠는 술 생각을 했다. 시끌벅적한 군중 속으로 성열이는 빨려 들어갔다. 마치 화선지에 먹물이 스미듯. 그리고 한참 후 전화벨이 울렸다.

"아빠! 나, 이가 부러졌어."

갑자기 멍해지며 숨이 막혔다.

"걱정하지 말고 천천히 집으로 와. 아빠가 나갈게."

옷을 입는데 손발이 엉키고 정신이 하나도 없었다. 아내가 곁에 있을 땐 이렇게 당황하지 않았다. 나는 몹시 허둥대었다. 가슴이 쿵쿵 뛰었다. 자꾸 숨이 막혔다. 복잡한 장터 한쪽에 꽃사슴 같은 아이가 울고 있었다. 풀이 죽은 아기 꽃사슴. 어깨가 축 늘어진 성열이의 모습은 엄마를 잃고 슬퍼하는 아기 사슴의 모습이었다.

봄비가 내렸다.

"아빠, 저기 좀 봐. 나무가 파랗다."

성열이를 등에 업고 학교 캠퍼스를 걸었다. 나무도 파랗지만 젊음도 그 못지않게 푸르고 싱그러웠다.

"아빠, 대학교는 이렇게 다 크고 멋있어?"

"그럼, 우리나라를 이끌어 갈 최고의 지성이 모인 곳인데 당연하지. 성열아 7년 후엔 네가 이곳의 주인공이 되는 거야. 그땐 아픈 몸으로 오지 말자."

오랜만에 내리는 단비다. 촉촉이 스며드는 습기는 풋풋한 향기처럼 상큼하고 시원했다. 나무도 풀도 땅도 하늘도 모두 새색시 피부처럼 촉촉이 젖어 있었다. 성열이를 업은 느낌도 포근하고 따뜻한 게 좋았다. 깃털처럼 가벼운 줄만 알았는데 이젠 제법 무게가 느껴졌다. 크지 않는 것 같아 보여도 아이는 몰래 조금씩 감추며 수줍게 자라는 모양이다.

수술이 끝나고, 부러진 이는 새롭게 태어났다. 새 이는 감쪽같았다. 성열이의 표정도 밝게 변했다. 이제야 마음이 놓이는 모양이었다.

"아빠, 미안해. 걱정하게 해서……."

샘처럼 맑은 아기 사슴의 눈동자에 다시 눈물이 고였다.

"크게 다치지 않아서 다행이야. 몸이 아프니까 모든 것이 힘들지?"

부러진 앞니 두 개. 얼굴의 찰과상. 무릎 타박상. 놀란 가슴. 아파서 흘린 눈물. 이제 모두 제자리를 찾아가고 있었다.

세상은 사람이 살기에 편하도록 변하는 듯하지만, 점점 사람은 사라지고 괴물이 활개치는 숲으로 변해가고 있다. 성열이는 아파트 단지를 점령한 야시장 바닥 전깃줄에 언제 다시 걸려 넘어질지 모르고, 자전거를 타고 출근하는 길은 도로를 질주하는 네발 달린 괴물들과의 한판 싸움이다. 사이보그가 판치는 세상이 멀지 않고 '친구'라는 단어는 사전에서 사라질지도 모를 일이다. 결혼을 해도 아이는 낳지 않는 사회. 아니 낳지 못하는 사회. 아이를 낳아도 책임지지 않는 사회. 어쩌면 '가족'과 '가정'이란 단어가 더 먼저 사라질지도 모를 일이다.

한 주가 정신없이 휙 지나갔다. 누나 둘과 4형제가 함께 자라면서 크고 작은 일을 경험했지만 이렇게 허둥댄 적은 없었다. 의지할 곳이 없을 때 그 막막함이란……. 2009년 4월 21일

싸움의 역사

"아빠, 나 학교 끝났어. 그리고 오늘 영어 특성화 수업은 안 한대."

"그래? 조심해서 와."

성열이가 학교 수업이 끝나고 전화를 했다. 습관처럼 무슨 일이 끝나면 성열이는 늘 내게 전화를 했다. 시도 때도 없이 울리는 벨소리……. 그러니까 내 휴대폰은 성열이 전용이나 다름없다.

"안녕하세요, 선생님. 성열이가 오늘 영어 특성화 수업이 없다고 하는데, 맞나요?" 나는 사설탐정이라도 되는 듯이 정확한 발음으로 물었다.

"아닌데요. 오늘 수업 있습니다." 역시 예상이 적중했다.

어느새 가슴이 뛰고 있었지만, 사실이 확인되자 숨이 막힐 것 같았다. 가슴이 뛰고 숨이 막히는 것은 이상하게도 아내와 떨어진 후부터 생겨난 변화다. 현관문이 열리는 소리가 들리고 성열이가 들어왔다. 선생님과의 이야기는 계속되었다.

"오늘만 빠진 것은 아니죠?"

"네. 3주나 연속으로 빠졌어요." 그럴 줄 몰랐다.

"선생님, 그랬으면 연락을 주셨어야 하는 거 아닌가요? 학교생활은 선생님께서 맡아주셔야 하잖아요."

"미안합니다. 제가 이번 학기에 처음 특성화 반을 맡아서 아직 아이들을 파악하지 못했어요."

20명밖에 되지 않는 아이들을 파악하지 못했다니……. 그리고 3주 연속 빠지는 것을 알고 있었으면서 전화 한번 하지 않았잖아. 변명도 이유도 될 수 없었다.

"성열이에겐 제가 잘 이야기하겠습니다. 앞으로 잘 부탁합니다. 성열이가 이렇게 무방비 상태로 빠지는 것은 성열이 때문에 특성화 수업을 받지 못한 아이에게도 미안한 일입니다. 다음에 또 수업을 빠지면 꼭 전화 부탁합니다."

영어 특성화 수업은 지역에 있는 학교에서 20명을 선발해 수업하는 특수 교실이다. 성열이는 선생님과 하는 대화를 들으며 눈물을 흘렸다. 뭔가 자신의 잘못을 뉘우치는 모양이었다. 성열이에게 물었다.

"왜 빠진 거야? 아빠와 의논도 하지 않고."

"다 아는 내용이야. 재미도 없고. 거짓말한 거 잘못인 거 알아. 가기 싫다고 이야기할 생각은 했는데 아빠가 허락하지 않을 것 같아서……."

"그래도 아빠와 의논을 했어야지. 스스로 판단한 것은 좋으나 성열이는 아직 어리기 때문에 잘못 판단할 수도 있잖아. 실수를 통해서 배울 수도 있지만, 실수는 반드시 대가를 치러야 해. 깨달음을 얻을 수도 있지만, 시간을 잃을 수 있는 거야. 지금 이 사실이 모두 감춰졌다면 시간을 잃어버린 꼴이 되는 거다. 알겠니?"

"네."

모두 내 잘못이다. 초등학교 시절 6학년 선배와 처음 싸우고 난 후 갑자기 넓게 느껴졌던 학교 운동장만큼이나 집이 넓게 느껴졌다. 나는 다시 아이를 학교로 되돌려보냈다. 돌아서는 아이의 뒷모습에서 가을낙엽 같은 쓸쓸함이 툭툭 떨어져 날렸다. 제열이에게선 한 번도 보지 못한 모습이었다.

11시 20분, 현관문이 열렸다. 제열이가 평소보다 일찍 들어왔다.

"아빠. 나 오늘 기분 나쁜 일이 있어서 화실 안 가고 그냥 학교에서 야자 했어."

"무슨 일 있었니?"

"체육 시간에 피곤해서 잤는데 옆자리에 있는 애가 내 지갑을 훔쳤어. 사과만 받고 끝내려고 화장실로 데리고 갔는데 씩 웃으면서 그냥 교실로 가는 거야. 아이들에게 창피당하니까 생각해서 화장실로 데리고 간 건데……. 교실에 와서 내가 한 대 쳤지."

"안경은 멀쩡하네."

"달려들 거 생각해서 벗었는데 아이들이 말려서 거기서 끝났어. 선생님께 혼나고 반성문도 썼는데 기분이 풀리지 않아 그림은 안 될 것 같고 그래서 그냥 자습하다가 왔어. 자식, 덩치도 큰 놈이 사과하면 다 해결되는 일인데 내가 작으니까 자존심이 상한다고 생각했나 보지?"

"다치면 어쩌려고 싸움을 해?"

"이길 수 있어. 그러니까 먼저 쳤지. 그놈이 잘못도 했고……."

제열이도 성열이만큼 작지는 않지만, 고3인데 170cm가 안 되니 작은 편이다. 얼굴이 작고 다리가 길어 그렇게 작아 보이지는 않지만 요즘 아이들치곤 작은 키다. 못 먹여 키운 것도 아닌데 자라지 않은 건 오로지 엄마를 닮은 유전적인 이유인 것 같다.

"잘했다. 비겁한 건 정말 창피한 일이야. 남자가 할 일이 아니지. 그래도 폭력은 나쁜 거다. 어떠한 이유로도 인정받을 수 없는 거야. 아빠는 인류의 역사 중에 가장 나쁜 것이 폭력의 역사라고 생각한다."

"비겁한 행동에 참을 수가 없었어. 잘못했으면 사과하고 반성해야지 생각 없이 그런 행동을 하다니 이해가 가지 않아."

"그래. 하지만 네가 그 친구를 이해했다면 폭력을 사용하지 않았겠지. 상대를 이해한다는 것은 어려운 일이야. 한 번 더 생각해보도록 해."

유년시절이 생각난다. 내게 처음이자 마지막 싸움. 싸움을 한 기억은 초등학교 5학년 때이다. 5교시 수업을 마치고 운동장에서 편을 갈라 축구시합을 했다. 6학년 선배 틈에 끼어 시합을 했는데 그중 한 명이 전·후반 내내 패스를 하지 않고 개인플레이를 했다. 패스를 하라고 아무리 이야기를 해도 막무가내였다. 나는 그 당시 학교대표 최전방 공격수였다. 시합 때마다 전담 수비수가 붙어다니는 꽤 알려진 공격수였다. 패스를 하면 골로 연결될 수 있는 기회가 모두 실패로 끝나자 나는 화가 나서 더는 참을 수가 없었다. 경기 중에 잠깐 운동장을 빠져나와, 집에 같이 가려고 놀이터에서 기다리는 동생에게 먼저 가라고 했다. 그 당시 우리는 산중턱에 집을 짓고 살고 있었기에 두 살 어린 동생은 4교시 수업이 끝나면 늘 나를 기다렸다. 운동장에는 모두 6학년 선배의 친구들뿐이어서 내 편은 한 명도 없었다. 혹시 동생까지 다칠 것 같아 먼저 집에 보내야겠다는 생각을 했다. 동생이 급하게 놀이터를 빠져나가는 것을 확인하고 6학년 선배에게 주먹을 날렸다. 단 한 번의 주먹을 날리고 나는 주변에 몰려 있는 선배들에게 붙잡혔다. 싸움은 진행되지 않았다. 지금 생각해도 어떻게 그런 행동을 할 수 있었는지 이해가 안 된다. 어렴풋이 생각나

는 건, 정말 참을 수 없었다는 것이다. 팀워크를 무시하고 마음대로 플레이하는 아이를 정의의 주먹으로 심판해야 한다고 굳게 믿었던 것 같다. 주먹을 날리자마자 몰려드는 아이들에게 붙잡혔는데, 내 주먹을 맞은 6학년 선배는 그냥 풀어주라고 했다. 뜻밖이었다. 동생은 포플러나무 뒤에 숨어 안타까운 시선으로 바라보고 있었다. 내게 맞은 6학년 선배는 전교에서 싸움을 제일 잘하는 아이였고 나는 전교에서 공부를 제일 잘하는 아이였다. 덩치도 나보다 훨씬 컸다. 공부만 잘하는 줄 알았는데 배짱도 괜찮네 하고 봐준 모양이다. 자기의 잘못도 알고 있었던 것 같다. 그래도 참기가 쉽지 않았을 텐데……. 확실하게 노는 애는 역시 뭔가 달랐다. 혹은, 그때는 아이들의 세계에도 낭만이 있었던 것 같기도 하고……. 치사하지 않고 비겁하지 않은…….

축구시합은 거기서 끝이 났다. 그 선배는 운동장 한가운데 혼자 있는 나를 몇 번 쳐다보더니 패거리들과 함께 학교 울타리를 넘어갔다. 그도 잘못을 인정하는 눈치였던 것 같았다. 그들의 뒷모습을 바라보는데 운동장이 그렇게 넓어 보인 적이 없었다. 엉킨 실타래처럼 모두가 뒤죽박죽되어버린 느낌이었다. 돌개바람이라도 불어 운동장에 가득 찬 모호한 기분을 모두 가져갔으면 하는 생각을 했다. 그때 동생이 왔다.

"왜 가라고 했는데 가지 않았니?"

"무서워서 다리가 떨어지지 않아 걸을 수가 없었어."

그랬다. 형제는 양처럼 순하고 겁도 많았다. 하지만 형은 무조건 순하지만은 않았다. 불의를 보면 참지 못했다. 이것이 내 싸움의 역사다. 처음이자 마지막이었다.

제열이가 나를 많이 닮았다는 생각을 했다. 그러나 다른 점은 구리시내의 싸움과 공부 짱들이 모두 친구라는 것이다. 지금은 정신 차리고 독서실에서

살지만, 3학년이 되기 전까진 친구들과 어울리며 패싸움도 몇 번 했다고 했다. 그때는 모두 나름대로 명분이 있는 싸움이었는데 지금 생각하면 왜 그러고 다녔는지 참 바보 같은 짓이었다나? 그래, 질풍노도의 시기엔 그런 경험 한 번쯤 할 수 있지. 그러고 나서 제자리로 돌아오는 것이 중요한 것이다.

어제와 다름없이 아침이 시작되고, 피곤한 줄 모르는 제열이는 씻으며 콧노래를 불렀다. 나는 빠른 손놀림으로 토스트를 구웠다. 재료는 식빵 3장, 달걀 2개, 치즈 3장, 딸기 잼, 땅콩 잼, 그리고 두툼하게 썬 햄. 고소한 냄새가 맑은 아침공기와 섞여 달콤하다. 맛있게 구워진 토스트를 포일에 싸서 두유와 함께 가방에 넣었다.

학교 가는 아이에게 문자를 보냈다.

제열아. 어제 일은 친구가 분명히 잘못한 일이다. 하지만 그렇다고 폭력을 사용한 너도 잘했다고 할 수 없다. 잃어버린 지갑을 찾았고 훔친 아이도 누군지 알았으니 일단 해결된 일인데, 사과를 받아야겠다는 생각에서 폭력을 행사했으니 이 일에 대해선 네가 친구에게 사과해야 할 것 같은데. 너희는 아직 어리기 때문에 실수하고 잘못도 할 수 있다. 그러니 친구가 왜 그랬는지 안다면 친구의 행동을 이해할 수도 있었을 것이다. 그렇다면 너의 태도도 달라졌겠지? 다시 한번 잘 생각해봐라.

어느새 훌쩍 커버린 제열이의 모습이 보였다. 2009년 9월 30일

합창

사과처럼 생긴 방울토마토는 맛있게 먹었니?

작은 바구니에 담긴 것이 5천 원이면 비싸니까 사지 말자고 했지만, 소비는 자본주의의 산소 같은 것이란다. 그 가치는 단순하게 이야기할 수 있는 것이 아니야.

소비의 과정에서는 개인의 심리가 작용하는데, 싼 가격으로 구매하는 것이 좋은 것만은 아니란다. 생산의 가치에는 노동자가 흘린 땀방울이 들어가고 자본과 기술이 기여하지만, 그 가치가 부를 창조하는 것에만 있다면 그것은 자본주의적 생산 이데올로기일 뿐이야.

윤리적 소비. 창조적 소비. 존재적 소비. 이런 것들이 있어. 곧 배우게 될 텐데 지금 성열이에겐 어렵겠다.

윤리적 소비란 이런 거야.

소비를 좀 더 똑똑하게 하고 나에게 맞게 하는 것, 모두에게 좋은 영향을

주는 것, 생산자와 판매자와 환경까지도 생각하는 것…….

어제 정액권을 사용하지 않고 지하철 표를 사는 모습을 보고 잠깐 아빠가 이야기했지? 아끼고 절약하기 위해 성열이가 어린이표를 끊어서 지하철을 타는 것은 옳지 않은 행동이야. 다음에 만나면 조금 구체적으로 이야기 나누도록 하자.

우리가 조금 일찍 만났으면 좋았을 텐데, 늦게 만나 자정이 넘어 헤어져 다음날 학교에 갈 성열이 걱정이 되더라. 학교에 가도 졸리면 잘 수 있다니 다행이다. 공부하는 거 잠자는 거 모두 중요하다. 하지만 공부해야 할 때 잠자면 안 좋고 잠을 자야 할 때 공부하는 것도 그리 좋은 것은 아니다. 오늘처럼 대화하고 평소 하고 싶은 것은 하는 것이 좋다. 오늘 우리의 만남과 대화 참 좋았다. 내일 학교에 가면 잠만 자지 말고 창밖을 바라보고 선생님 얼굴도 바라보고 친구들 표정도 자세히 보고 모두 어떤 이야기를 하는지 잘 들어보아라. 집으로 돌아가는 길엔 스마트폰만 보지 말고 눈을 감고 하루 있었던 일들을 생각해보아라. 칠판에 쓰였던 선생님의 글과 친구들의 표정과 교실 창밖 풍경의 표정도…… . 집 앞에 있는 공원을 걸을 때 소음 속에서도 벌레의 울음소리와 새들의 지저귐이 들리고 바람이 지나가는 것을 느낄 수 있으면 좋겠구나. 모두 함께 노래하는 합창 소리를…… . 2013년 5월 24일

사랑

성열아!

학교 갔다 오면 작은 접시에 담긴 김밥, 급식 우유랑 같이 먹고
저녁에 형아랑 큰 접시에 담긴 김밥 함께 먹도록 해라.
엄마의 정성을 먹는 것이니까 남기지 말고 다 먹어야 한다.

2005년 9월 20일

뿌리 깊은 나무

나무 한 그루가 있다. 그 나무의 뿌리는 가문의 시조이다. 그 기둥과 줄기는
가문의 역사이다. 가지와 잎들은 그 가문의 사람들이다. 꽃이 피는 것은 엄
마와 아빠의 만남이고 봉오리는 부모이다. 그 속에서 자라는 씨앗이 자식이
다. 계절이 지날 때마다 나이가 한 살씩 늘어나고 바람은 아이들의 친구이다.
빛을 먹으며 자라니 그 빛은 스승이며, 비와 이슬, 겨울에 찾아오는 눈송이
는 아이들에게 필요한 필수 영양소다. 바람과 빛과 눈과 비는 결국 사랑이다.
거침없이 주지만 강요하지는 않는다. 사랑을 잘 먹고 자란 아이는 아람 속에
서 붉어져 스스로 툭 하고 터져 나온다. 탐스러운 열매로 태어나 세상 밖으
로 나온다. 하지만 사랑을 받지 못한 아이는 결국 쭉정이가 된다. 바람에 꽃
이 떨어지기도 하고 가지가 꺾이기도 한다. 시련의 시간이다. 결국 이겨내야
만 열매를 맺을 수 있다. 열매는 하늘에서 툭 하고 떨어지는 것이 결코 아니
다. 2004년 4월 15일

나무

고열로 사흘을 앓고 일어난 성열이는 기운이 없다. 심하게 터진 입술은 음식을 먹기가 힘들고 떨어진 식욕은 찾아들 줄 모른다.

"아빠! 업어줘, 힘들어."

"힘들지? 그래. 업자. 성열이 더 크면 아빠가 업어주기 힘드니까 크기 전에 많이 업어줘야지……."

"성열아! 아빠는 성열이가 그만 컸으면 하는 생각을 하는데 성열이 생각은 어때?"

"왜? 밥 먹을 땐 많이 먹어야 키가 큰다고 해놓고선."

"그래, 그때는 그랬는데 성열이를 업을 때는 생각이 바뀌네. 크면 무거워서 업어주기 힘들잖아……."

성열이는 묵묵부답 말이 없다. 아이는 얼른 크고 싶을 것이다.

치악산 아래 구룡사 가는 길 단풍이 참 곱다. 아이는 아빠 등에서 무슨 생각을 할까?

날씬한 허리, 무성한 가지의 나무들…….

성열아! 키가 큰 저 나무는 형제가 없어 쓸쓸해 보인다. 하지만 가지 많은 저 나무는 행복해 보이지? 조잘조잘 이야기하는 소리도 요란하잖아. 키가 큰 저 나무는 욕심쟁이였나 봐. 저 홀로 삐쭉 키만 컸네. 가지 많은 저 나무는 마음이 곱고 착한가 보다. 친구가 셀 수 없이 많구나. 나누지 않은 욕심은 홀로 외로워 보이지만, 나누어 가지니 가지와 잎이 무성하여 풍요롭고 넉넉해 보이는구나…….

키 큰 저 나무는 집을 짓는 훌륭한 목재가 될 거야. 아빠는 가지 많은 저 나무처럼, 천년을 하루같이 한곳에서 모두에게 친구가 되어주는 그런 나무가 좋다. 성열이는 키가 큰 나무 할래? 가지 많은 나무 할래? 또 묵묵부답 말이 없는 성열이.

그래, 넌 아직 잘 모르지. 등에 한 아이를 업을 때가 되면 그때쯤 알게 되겠지……. 아빠는 가지 많은 나무가 좋다. 여름엔 시원한 그늘이 되어주고, 가을엔 고운 단풍, 쌓이는 낙엽은 거름이 되고 온돌을 따뜻하게 데워주지. 성열이를 업으면 따뜻해지는 아빠의 등처럼…….

가족과 함께한 가을 산행, 고열로 터진 성열이의 입술처럼 온 산이 붉게 물들어 있었다. 2004년 11월 9일

소중한 것

소중함이란 무엇일까?

잃어버리면 마음이 아프고 안타까워지는 것. 그래서 잘 간직하고 지키고 싶은 것. 그런 것일까?

우리에게 소중한 것은 무엇일까? 친구일까? 가족일까? 아니면 돈일까?

성열아. 아빠에게 가장 소중한 것은 우리 가족이란다. 엄마. 아빠. 성열이. 제열이. 그러니까 성열이는 아빠에게 가장 소중한 사람이야. 그래서 아빠는 오늘도 우리 가족이 함께할 수 있음에 감사하고 있단다. 아빠에게 성열이가 소중한 사람이듯이 아빠도 성열이에게 소중한 사람이겠지?

바깥일을 끝내고 집에 들어온 엄마 아빠에게 성열이가 마중 나와 인사를 하는 것은 소중한 사람에게 표현하는 감사의 마음이야.

성열이는 어른이 될 때까지 해야 할 일들이 많다는 것을 알고 있지? 어른이 된다는 것은 책임이 따르기 시작한다는 것이란다. 책임지고 해야 할 일들

이 생기기 시작한다는 것이야. 어른이 되어 세상을 살아가기 위해서는 알아야 할 것들이 참 많이 있어. 왜냐하면 함께 살기 위해 여러 가지 원칙을 정해놓았기 때문이야. 그것이 무엇인지 알아가는 과정이 공부란다. 공부는 학습한 것을 그릇에 담는 과정이야. 아빠는 아직 성열이에게 학습을 강요하고 싶진 않아. 하지만 공부는 열심히 해야 해. 공부는 마음의 그릇을 키우는 과정이기도 해. 그릇이 크고 단단해야 필요한 것을 많이 담을 수 있겠지?

학습은 필요한 것을 그릇에 담는 것이란다. 영어단어를 외우고 수학문제를 푸는 것이 학습이야. 이해할 수 있겠지? 성열이는 아직 어리니까 그릇을 키우는 것을 우선으로 해야 해. 무엇보다 음식을 잘 먹는 것이 중요하고 음식을 먹은 후에는 이를 잘 닦아야 해. 즉 몸을 가꾸고, 몸을 키우는 것을 열심히 해야 하는 거야.

성열아. 우리 가족을 구분한다면 어떻게 나눌 수 있을까? 성열이, 제열이, 엄마, 아빠 이렇게 넷으로 나누어지겠지?

성열이를 구분한다면 어떻게 나눌 수 있을까?

몸과 마음으로 구분되겠지? 그러니까 성열이의 마음이 들어 있는 몸이 바로 성열이인 거야. 사람은 살아 있는 동안 마음을 몸에 담고 있기 때문에 몸을 소중히 가꾸어야 하는 거란다. 몸이 없으면 세상에 존재하는 것도 없는 셈이고, 몸이 튼튼해야 어떤 일이든 할 수 있잖아. 몸을 사용하지 않고 할 수 있는 일은 아무것도 없어. 생각은 몸을 사용하지 않는 것 같지만 머리도 몸의 일부잖아. 몸을 가꾸는 일은 늘 해야 하기 때문에 바른 습관이 들어야 해. 그렇지 않으면 귀찮아져서 제대로 하지 않게 된단다. 성열이에게 상한 이가 생긴 것도 양치질을 하기 싫고 귀찮아서 소홀히 했기 때문이야. 결국 해야 할 일을 하지 않으면 그로 인해 필연적으로 생기는 불이익을 감수해야 하는 것이란다.

세상을 살아가는 데 공짜는 단 한 개도 없단다. 사용을 하면 대가를 꼭 지불해야 해. 가장 흔해 보이는 물과 공기는 공짜로 먹는 것 같지만 그렇지 않단다. 모두가 공짜라고 생각하고 소중히 다루지 않고 함부로 했기 때문에 지구는 지금 심한 병을 앓고 있는 거야.

어린이든 어른이든 꼭 지켜야 할 것, 꼭 해야 할 것들이 있단다. 그중에서 첫번째는 고마운 것을 아는 마음이야. 내가 세상에 태어난 것에 대한 고마움. 건강한 몸을 허락하신 것에 대한 고마움. 음식을 먹을 수 있게 해주신 것에 대한 고마움.

채우려고 하는 마음이 커지면 욕심이 될 수 있단다. 욕심은 마음이 병들게 하는 가장 무서운 바이러스란다. 매일 아침잠을 자는 성열이를 깨우고 아침을 준비하고 학교에 가는 성열이를 문앞에서 배웅하는 것은 아빠가 성열이에게 느끼는 고마운 마음의 표현이란다. 성열이를 만나게 해주신 것에 대한 고마운 마음. 그래서 아침 일찍 성열이를 깨우고 밥을 하고 옷을 입히고 배웅하는 것을 귀찮아하지 않고 늘 즐거운 마음으로 할 수 있는 것이란다. 그런 마음이 없으면 정말 하기 힘든 일이지…….

아빠가 밖에 나가고 들어올 때 우리 서로 인사하는 사이가 되었으면 좋겠다. 고마운 마음을 담아서. 나갈 때 하는 인사는 "나의 소중한 사람이 세상으로 나갑니다. 밖에서 하는 일 잘 보고 무사히 돌아오게 해주세요"라고 바라는 마음의 표현이야. 들어올 때 인사는 "나의 소중한 사람이 무사히 돌아오게 해주셔서 기쁘고 감사합니다" 라는 마음의 표현이란다.

"반갑다, 친구야." 친구를 만나게 해주셔서 감사합니다.

"선생님, 안녕하세요." 선생님을 만나게 해주셔서 감사합니다.

"학교에 다녀오겠습니다." "그래, 잘 다녀오너라." 성열이를 낳게 해주셔서 감사합니다.

"엄마, 아빠, 안녕히 다녀오세요." 키워주시는 은혜에 감사드립니다.

인사는 감사한 마음을 겉으로 드러내는 표현이야. 우리 서로 정답게 인사를 나누는 사이가 되자.

아빠가 집에 왔는데 들어온지도 모르는 듯 엄마와 열심히 공부를 하고 있는 성열이를 떠올리며 곰곰이 생각하다 글을 썼다. 태도에 대해서도 다시 이야기해주어야겠다. 2007년 2월 10일

고고학이라는 학문

명란젓, 계란부침, 돈가스, 생선, 김. 그리고 국이 없으니 오늘은 계란찜으로 대신한다. 오늘 아침 성열이 식단이다. 이 음식이 골고루 몸안으로 들어가 피가 되고 살이 되고, 용기 있고 따뜻하고 건강한 마음이 되어주기를…….

제열이를 학교에 보내고 분리수거를 하는데 세탁기 옆 구석진 곳에 음식물이 버려져 있다. 성열이의 흔적이다. 얼마 전에도 이곳에서 음식물을 발견하고 단단히 타일렀는데……. 또 어떤 방법으로 아이를 이해시켜야 하나? 이러다가 잔소리꾼이 되어버리는 것은 아닐까?

"성열아. 고고학이라는 학문이 있는데 혹시 알고 있니?"

"네, 알아요. 하지만 뜻은 모르겠어요."

"고고학이란 인간이 남긴 유적과 유물 같은 물질을 찾아내서 과거의 문화와 역사, 생활방법 등을 연구하는 학문이야. 아빠가 이 이야기를 하는 이유는 우리가 남긴 것들은 오래돼도 그게 무엇인지 밝힐 수 있다는 것을 알려주고 싫어서란다. 몸에 상처가 나면 흉터가 남듯이 우리의 몸과 마음을 통과한 것들은 흔적으로 남는단다. 그래서 그 흔적을 추적하면 흔적에 대한 원인을 밝힐 수 있는 거야. 고고학이란 지난 흔적들을 찾아내어 분석하고 연구하는 학문이야. 그럼으로써 현재와 미래에 필요한 자료를 얻게 되지. 아주 소중한 자료를……."

"아빠가 오늘 성열이가 남긴 흔적을 또 발견했다. 음식을 먹는 마음을 알고 있는 성열이가 이런 흔적을 계속 남기는 이유가 뭘까? 음식은 살아 있는 것이 음식으로 죽어 우리 몸에 들어오는 소중한 것이라고 그렇게 많이 이야기했는데 또 이렇게 함부로 하다니, 아빠는 이제 성열이를 용서할 수 없을 것 같다. 버려진 음식처럼 아빠가 성열이를 함부로 해볼까?"

어느새 표정이 변하더니 성열이의 눈에서 구슬 같은 눈물이 뚝뚝 떨어졌다. 성장기에 있는 아이들에게 음식만큼 중요한 것이 또 있을까? 몸이 왜소한 성열이는 신경을 더 써야 하는데…….

가끔 치르게 되는 이 음식과의 전쟁이 빨리 끝났으면 좋겠다.

생활을 거꾸로 하다 보니 밤을 새우는 일이 많다. 그러다 보니 한두 번 아이들에게 아침을 챙겨주었는데 그러던 어느 날 공교롭게 나의 일이 돼버렸다. 한두 번은 괜찮았는데 거듭 할수록 쉬운 일이 아니란 걸 알게 되었다. 힘든 일이란 걸 알고는 손을 놓을 수 없었다. 다시 아내에게 맡기는 것이 양심에 찔렸기 때문이다. 그렇게 시작한 일이 어느덧 3년이 되었다. 일을 하다가 때론 자명종 소리를 듣고 일어나 시작하는 아침은 비몽사몽간일 때가 많다. 졸린 눈을 치켜뜨며 잠을 쫓기란 쉬운 일이 아니다. 하지만 새벽이 피곤한 것만은 아니었다. 가스레인지의 스위치를 누를 때 튀는 불꽃처럼 내 안에서 무언가가 꿈틀거리는 느낌을 받을 때가 있다. 이제 알게 되었지만 그것은 사랑

이었다. 그후로 나는 아침마다 기쁜 마음으로 일어나 아이들이 취할 정도로 사랑의 향기를 풀어놓았다. 성열이의 작은 손을 씻어주면서, 얼굴에 크림을 발라주면서…….

사랑을 주었더니 아이도 내게 사랑을 선물했다. 아침마다 주고받는 사랑으로 어느 날 나는 세상에서 가장 행복한 아빠가 되어 있었다. 학교에서 돌아온 성열이가 신발을 벗자마자 반성문을 꺼내 보이며 사인을 해달라고 했다. 거짓말을 하고 약속을 지키지 않아 선생님께 혼나고 반성문을 썼던 것이다. 반성문을 읽으면서 아이에 대한 선생님의 섬세한 배려를 느낄 수 있었다.

아이들을 향한 주변의 관심은 맑은 공기와 같은 것이다. 그것을 느끼는 아이는 바르고 건강하게 성장할 것이다.

아이들은 언제 어디로 튈지 모르는 럭비공을 닮았다. 무엇이 옳고 그른지 아직 잘 모른다. 성열이의 반성문을 읽으며 순간 터지는 웃음을 참을 수가 없었다. 왠지 통쾌하게 읽히는 반성문이었다.

나는 어제 거짓말을 했다. 받아쓰기 시험에서 틀린 단어를 5번씩 써야 하는데 나는 하지 않고 했다고 거짓말을 한 것이다. 왜 그랬는지 모르겠다. 그렇게 거짓말을 하고 나는 도망갔다. 우리 아빠께서 거짓말은 세상에서 제일 나쁜 것이라고 말씀하셨다. 그런데 나는 학교의 법칙을 어기고 선생님께 거짓말을 했다. 난 정말 나쁜 아이다. 4학년 개학식을 하기 전에 꼭! 법을 어기지 않고 충실한 생활을 하자고 다짐을 했는데……. 오늘 이후부터 난 정말 잘해야겠다고 다짐했다. 주먹을 불끈 쥐고 다짐했다. 하지만 그래봐야 상관있나? 조금만 그렇게 하고 그만두는데……. 난 말로만 하고 실천으로 안 옮기는데……. 난 이렇게 말로만 하는 불필요한 아이가 돼버렸다. 하지만 이제부터는 필요한 아이가 되도록 무엇이든 열심히 하겠다. 어떤 일이든 실천으로 옮기고 거짓말을 하지 않는 정직한 사람이 되겠다. 성실하고 차분하게 잘 행동으로 실천해서 착한 아이가 될 것이다.

내가 매일 일기를 쓰는 것처럼, 몰라서 못한 숙제도 학교에 남아서 잘할 것이고, 물론 교과서 활동도 당연히 잘할 것이다. 아침자습과 지각을 안 하는 것은 기본으로 만들어놓겠다. 그러니까 무엇이든지 성실하고, 차분하고, 충실히 하는 아이가 되겠다.

이제부터는 전과 달리 더욱 힘을 내서 공부를 하고, 어려운 일도 머리를 써서 척척 해나가는 사람? 아이가 되겠다. 그리고 아까 나는 모르고 숙제를 못해와도 학교에 남아서 다 하기로 한다고 했다. 하지만 이제 그런 일이 없도록 하겠다. 숙제와 준비물을 잘 파악해서 이젠 학교에 남는 일이 없도록 하겠다. 언제나 충실하고 차분한 아이가 되겠습니다!!

원고지의 마지막 칸까지 채운 성열이의 반성문을 보고 오랜만에 활짝 웃을 수 있었다. 아이들은 아이답게 자라야 한다. 아이가 실수가 많은 것은 당연한 거다. 잘못하고 실수할 수 있는 것은 아이들의 특권일지 모른다.

반성문을 읽으며 생각했다. 성열이가 실수를 멈추지 말아야 한다고, 더 많은 실수를 겁내지 않고 할 수 있어야 한다고······. 2007년 3월 29일

성열이 마음으로

오늘은 어린이날. 선생님께서 내주신 숙제를 하려고 카메라를 들고 집을 나섰다. 숙제의 내용은 아이들과 함께 집 주변에 있는 공공시설을 조사하는 것이다. 우리 조는 내 짝꿍을 포함해서 모두 6명이다. 우리는 오전 10시에 농협 앞에서 만나기로 약속했다. 그런데 오늘은 어린이날이다. 오늘 같은 날은 놀이동산에 가야 하는데, 이런 숙제를 내주시다니. 선생님은 우리를 위하는 마음이 부족하신 것 같다. 그런데 아빠께서도 오늘 같은 날은 놀이동산에 가는 게 아니라고 하셨다. 사람들이 많이 모이기 때문에 제대로 구경도 못하고 고생만 하게 되고 놀이기구는 타기도 전에 기다리다가 지칠 것이라고 하셨다. 아빠의 말씀은 이해할 수 있지만 그래도 뭔가 아쉽다는 생각이 들었다. 사람들이 북적대야 재미있지 썰렁하게 텅 비어 있으면 무슨 재미가 있을까? 어린이날 행사 할인쿠폰도 있는데, 오늘 아니면 사용할 수도 없는데……. 불편하고 힘들어도 즐겁고 재미있으니까 괜찮은데 어른들의 생각은 그렇지 않은 모

양이다.

누구의 생각이 옳은 걸까? 나도 커서 어른이 되면 어른과 같은 마음이 될까? 선생님은 아빠의 말씀처럼 놀이동산에 가서 고생하지 말라고 이런 숙제를 내주셨나 보다. 분명히 그럴 거다. 그렇지 않다면 함께 모여서 해야 하는 숙제를 특별히 오늘 같은 날 내주실 리가 없다. 아니면 우리보다 우리를 위해 힘쓰시고 고생하시는 부모님 편이든지 둘 중 하나일 것이다.

약속한 시간이 됐는데 예원이가 오질 않았다. 우리는 10분 더 기다리기로 했다. 하지만 예원이는 끝내 오지 않았다. 더 기다려도 올 것 같지 않아 조사할 장소로 이동했다. 우리가 조사할 곳은 개울 옆에 있는 공설운동장이다. 그곳 시설의 관리 상태와 청결 상태 등을 조사할 예정이다.

운동장으로 가는데 왠지 발걸음이 무겁다. 예원이 때문이었다. 예원이는 집이 멀어서 늦을 수 있다. 그러니까 우리가 좀 더 기다렸어야 했는데…… . 생각을 왜 미리 하지 못했을까? 더군다나 조사장소가 오늘 변경되었기 때문에 예원이가 오더라도 우리를 찾지 못할 것이 분명하다.

단체 활동은 함께하는 게 무엇보다도 중요하다. 그런데 우리 모두 가장 중요한 생각을 하지 못했다. 큰 실수를 한 것이었다. 나는 깊이 반성하고 다음부터는 이런 실수를 하지 말아야겠다고 다짐을 했다.

아빠는 우리를 따라다니시며 사진을 계속 찍으셨다. 나는 오래전부터 아빠의 몰래카메라의 주인공이었기 때문에 카메라에 익숙했다. 그런데 아이들은 그렇지 않은 모양이다. 아빠가 사진을 찍으려 하면 모두 달아나거나 얼굴을 책으로 가렸다. 그래도 아빠는 아이들의 행동에 개의치 않고 사진을 찍으셨다. 처음엔 이리저리 피하던 아이들도 시간이 지나면서 지쳤는지 신경이 무뎌져 갔다. 조사에 열중하다 보니 카메라를 신경 쓸 여유도 없었다. 자연스럽게 카메라에 익숙해지자 우린 단체사진도 찍었다. 조사가 끝날 쯤에는 카메라를 의식하는 아이는 아무도 없는 듯했다. 아빠는 원하는 만큼 사진을 찍으셨는지 놀이터에서 놀고 있을 때 우리 모두와 악수를 하고 헤어졌다. 악수는 어른들이 하는 인사인 줄 알았는데…….

놀이터에서 신나게 놀고 있는데 나를 부르는 소리가 들렸다. 아빠 친구 가족이 놀러왔다. 아저씨는 기억이 나는데 아줌마와 아이들은 기억이 나지 않았다. 아저씨네 식구는 아저씨만 남자고 모두 여자였다. 우리와 정반대였다. 처음 본 내 또래의 여자아이를 대하기가 좀 쑥스러웠다. 요즘 들어 부쩍 그런 거 같다. 내가 어느덧 4학년이나 돼서 그런가 보다. 어른들이 하시는 이야기를 듣고만 있다 보니 좀 따분했다. 나는 허락을 받고 컴퓨터 게임을 했다. 서희는 나랑 같은 학년인데 성격이 남자처럼 씩씩했다. 서정이 누나는 6학년인데 키가 큰 편이어서 처음엔 중학생인 줄 알았다. 서정이 누나가 컴퓨터를 한다고 해서 서희랑 같이 놀이터에서 놀았다. 그런데 재미있는 일이 일어났다. 내가 아는 아이들이 나를 형이라고 부르니까 서희가 이상하게 생각을 한 거다. 서희는 내가 여자인 줄 알고 있었던 것 같다.

나는 아저씨네 식구가 돌아갈 시간이 돼서 집에 들어왔는데 그때 서희가 배꼽을 잡고 계속 웃었다. 드디어 내가 남자아인 줄 알게 된 것이다. 서정이 누나도 웃었다. 서정이 누나는 내가 남자아인 줄 알고 있었지만 우리가 만난지가 너무 오래돼서 잊어버렸다고 했다. 나의 긴 머리 때문에 모두에게 한바탕 웃음을 선물하게 되었다.

어려서부터 지금까지 나를 단번에 남자로 안 사람은 한 명도 없었다. 나의 모습이 보통아이들과 다른 점은 머리가 길다는 것뿐인데……. 남자아이들이 나처럼 긴 머리를 한 아이는 별로 없다. 하긴 내가 좀 귀엽게 생기긴 했다. 친구들도 모두 귀엽다고 하니까. 그래서 오해를 받는 것이 당연한지도 모른다.

가끔 머리를 자르고 싶다는 생각을 하기도 하지만 나의 긴 머리를 아빠가 너무나 좋아하신다. 나는 아빠를 사랑하기 때문에 아빠가 좋아하는 나의 머리를 자를 수가 없다. 아빠는 나의 모습을 오래전부터 기록하고 있다. 요즘은 전과 달리 사진 찍히는 게 신경 쓰일 때가 있는데 왜 그런지 모르겠다. 내게도 사춘기가 찾아온 것일까? 그래서 그런지 가끔 짜증을 내게 되는데 어쩔 수가 없다. 아빠는 나를 사랑하니까 내 마음을 이해해주시겠지? 큰소리를 내지 않으시는 걸 보면 이해하시고 있다는 생각이다. 하여튼 아빠에게 미안하다. 하지만 이해해주세요. 요즘은 제 마음을 저도 이해할 수가 없을 때가 있어요, 아빠…….

어린이날 놀이동산에 가지는 못했지만 그래도 기억에 남을 만한 날이었다. 아빠는 다음 어린이날엔 내 소원을 모두 들어주시겠다며 손가락을 걸고 약속했다. 아빠는 약속을 꼭 지키시니까 오늘부터 소원을 하나씩 적어야겠다.

내가 바라는 가장 큰 소원은 무엇일까? 이건 아무에게나 이야기할 수 없는 비밀이다. 아빠만 알 수 있도록 나의 비밀 노트에 기록해야지…….

2007년 5월 6일(어린이날 성열이가 되어 성열이 마음으로)

일기

일기장을 꺼내놓고 책상 앞에서 고민하던 성열이가 물었다.

"아빠, 오늘 일기는 뭘 쓰면 좋을까?"

"그걸 왜 아빠에게 묻지? 일기는 그날 있었던 일을 정리하고 기록하는 거 잖아."

"오늘은 특별한 일이 없었어. 오늘뿐만이 아니라 요즘 매일 그런 것 같아. 심심해."

"일기는 특별한 일을 기록하는 것만은 아니야. 우리의 일상은 매일 특별한 일들이 일어나지는 않아. 어제와 비슷하게 하루가 시작되고 또 마무리되지. 대부분의 사람들이 성열이처럼 평범하게 하루를 보내고 있을 걸? 하릴없이 시간을 무의미하게 보내는 사람도 있겠지만 대개는 주어진 일정에 맞춰 하루를 시작하고 마무리를 하는 거야. 성열이의 하루를 생각해보자. 7시에 일어나서 세수하고 아침을 먹고 8시에 학교 가잖아. 학교에 가면 월요일부터 토요일까지 시간계획이 되어 있지? 수업이 끝나면 월, 수, 금은 영어 특성화 수업을 하고, 화요일 6시엔 재능선생님을 만나고 그러잖아. 월간계획으로 둘째 주 토요일에 1박 2일로 그림노트모임에 가는 것은 특별한 경우가 되겠다. 이 계획들은 매일 아침밥을 먹고 학교에 가듯이 되풀이되는 성열이의 생활인 거야. 생각해보면 특별한 일이 하나도 일어날 것 같지 않은 평범한 일상이지? 하지만 또 그렇지만은 않잖아. 어제처럼 친구와 장난을 치다가 아래 눈썹이 찢어지는 상처를 입기도 하고. 다행히 눈동자를 다치지 않아서 그렇지 실명할 뻔한 끔찍한 상황이었어. 2~3mm만 비켜갔어도 눈동자를 다칠 뻔했잖아. 오래전에 성열이가 난간도 없는 아파트 옥상에 올라갔던 일처럼 어제의 일도 아빠는 못 잊을 것 같아. 성열이에 대한 아주 특별한 기억으로 말이야. 특별한 일은 준비된 계획 속에서 일어나기도 하지만 평범한 일상 속에서 느닷없이 불쑥 튀어나오기도 하는 거야.

일이란 일종의 크고 작은 사건으로 일상에서 몸으로 느끼는 경험이야. 몸이 움직여서 일어나는 주변의 상황이지. 하지만 머리가 하는 일, 즉 '생각'에 대해 이야기해보자. 생각은 몸으로 느끼는 일과 달라서 움직임 없이도 시간과 공간을 초월하여 어디든 갈 수 있고 마음대로 할 수 있지. 아빠의 이야기가 조금 어렵나?"

"뒷부분이. 하지만 조금 어렵긴 해도 무슨 말인지는 알 것 같아."

"그래. 좋았어. 생각은 그날 있었던 일뿐만 아니라 오래전의 이야기도 꺼내볼 수 있잖아. 없는 일을 상상해볼 수도 있고. 그러니까 그날 생각이 텅 비어 있어 심심할 때는 다른 생각의 여행을 떠나는 거야. 생각은 자유롭게 어디든 갈 수 있잖아. 그리고 그 여정을 정리해서 기록하면 훌륭한 일기가 될 것 같은데."

성열이는 아빠의 눈을 뚫어지게 바라보며 이야기에 몰두했다. 이야기가 끝나자 조용히 책상 앞으로 다가갔다. 그리고 뭔가를 한참 생각하더니 일기장을 펴고 글을 쓰기 시작했다.

오늘은 내가 에스키모 소년, '아툭'의 이야기를 들려줄게.

아툭이 다섯 살이 되던 날, 아빠는 아툭에게 갈색의 작은 개 한 마리와 갖가지 색이 예쁘게 칠해진 썰매 하나를 선물로 주셨어. 아툭은 그 개 이름을 '타룩'이라고 지었지. 타룩은 아툭을 계속 따라다니며 함께 행복한 시간을 보냈어. 어느 날, 아빠는 타룩이 썰매 끄는 법을 배워야 한다고 해서 타룩을 데려갔어. 하루가 지나고 이틀이 지나고…… 드디어 아빠가 왔어. 그런데 타룩이 안 보이는 거야. 아툭은 타룩이 어디에 있느냐고 아빠에게 물었어. 아빠는 타룩이 푸른 늑대한테 잡아먹혔다고 했어. 아툭은 크게 상처를 받고 말았어. 그래서 아툭은 타룩을 죽인 푸른 늑대에 대한 증오로 불타기 시작했어. 아툭은 사냥꾼이 되어 푸른 늑대를 죽여야겠다고 굳게 다짐했지. 그러곤 그 푸른 늑대를 죽이려고 여름까지 화살 쏘는 연습을 했어. 드디어 사냥하러 가서 푸른 늑대를 만났어. 아툭은 훌륭한 활 솜씨로 푸른 늑대를 죽였지. 하지만 기쁘지는 않고 슬프기만 했어. 늑대를 죽인다고 죽은 타룩이 돌아오는 것은 아니니까.

아툭은 곧 깨달았지. 증오와 복수심은 결국 자신을 외롭게 만든다는 것을…… 그리고 오직 사랑만이 참된 용기와 희망을 가져다준다는 것을…….

2007년 12월 5일

비스킷처럼 부서지는 가을에

"성열아."

"아빠 서울에 왔는데 성열이 만나고 가려고."

"지금은 안 돼. 친구랑 약속이 있어."

"몇 시에 약속했는데?"

"시간은 정하지 않았어."

"그럼 전화해서 시간을 정하고 아빠 만나면 되잖아."

"싫어. 친구가 전화하면 그때 나갈 거야."

"그러니까 지금은 안 돼."

"야. 너 아빠에게 이러기야. 치사하게."

"미리 약속하지 않고 불쑥 전화하니까 그렇지."

"부자간에 만나는 것도 미리 약속해야 하니?"

"약속에 부자간이 무슨 소용이야."

"먼저 한 약속이 우선이지."

"아휴, 아빠 삐치려고 한다."

"삐치지 마, 지금은 어쩔 수 없어."

지난번에도 오늘과 같았다. 미리 약속을 하지 않고 일을 끝내고 집에 가는 길에 전화를 했다.

그땐 내가 막무가내로 우겨서 만날 수 있었다. 그때 기억이 떠올라 오늘은 양보해야겠다고 마음을 먹었다.

"알았다. 아빠 삐쳤다. 그냥 갈게."

"미안해 아빠. 잘 가, 다음에 보자."

작업실로 가는 길. 가을햇살이 비스킷처럼 부서져 내린다. 나는 정신을 잃을 것만 같다. 하늘은 어쩌자고 저렇게 높고 푸른 걸까. 보고 싶은 사람 자꾸 생각나고 무작정 어디론가 떠나고 싶어진다. 집에 가는 길이 왠지 허전하다. 물에 빠졌는데 발이 닿지 않을 것 같은…….

토요일 오후 춘천행 기차는 시끌벅적하다. 삼삼오오 짝을 지어 가을 소풍을 떠난다. 나도 떠나고 싶다. 동행이 없어도 가을이면 되니까.

사릉역을 알리는 아가씨의 사무적인 목소리가 북적대는 사람들 사이를 뚫고 가늘게 들렸다.

내릴까 말까, 가을에 풍덩 빠진 마음은 마냥 허둥대었다. 깊어가는 가을 주말이기에 더욱 뿌리칠 수 없는 유혹, 그 유혹을 어렵게 뿌리치고 기차에서 내렸다.

"아빠 뭐해?"

"왜?"

"나 지금 친구 만나서 머리 자를 건데 자르고 나서 아빠 만나려고."

"아빠 벌써 작업실에 왔는데?"

"그래? 그럼 다음에 만나."

"아빠 삐친 것 같아서 만나려고 전화했지."

"그랬구나. 고마워 성열아. 아빠 생각해줘서."

"그게 뭐가 고마워? 다음엔 미리 약속하고 만나자, 불쑥 전화해서 만나자고 하지 말고. 알았지?"

"그래. 알았다."

"머리 예쁘게 깎아."

"그리고 다음에 만나자."

"사랑해 아들."

"나도 아빠 사랑해."

"엄마에게 잘하고."

"알았지?"

"응."

아이가 아빠를 위로한다. 기특한 녀석. 속마음은 모르는 줄 알았는데, 다 알고 있는 것 같다. 아빠 혼자 심심한 거 아니까. 삐치면 달래줄 사람도 없으니까. 그래서 전화를 했다.

중학교 2학년. 키도 제일 작은 녀석이……. 성열이가 아빠보다 더 큰 어른이 된 것 같다. 2011년 9월 24일

그들도 우리처럼

오늘은 백로白露다. 봄 여름 가을 겨울을 각각 6절기로 나눈 24절기 중 가을의 세 번째다.

백로는 흰 이슬이라는 뜻이니 밤에 기온이 내려가 풀잎에 이슬이 하얗게 맺힌다는 뜻이다. 그러니 이슬은 이때부터 내리기 시작하는 것이다. 또한 처서와 추분 사이에 있는 절기니 그야말로 본격적으로 가을이 시작되는 시기다. 자연의 변화를 절기로 구분한 조상들의 지혜가 놀랍다. 절기를 처음 구분했던 그때처럼 입동이 될 때까지 높고 맑은 가을 하늘을 볼 수 있었으면 좋겠다. 다행히 어제도 오늘도 천마산의 하늘은 높고 푸르고 맑았다.

이른 아침에 하얀 이슬을 볼 수 있는 계절이 왔다. 찬물로 샤워하니 냉기에 소름이 돋았다. 요즘 날씨는 조상들이 절기를 구분했을 때와 다르다. 날씨가 제멋대로다. 지구가 몸살을 앓는 게 맞는 것 같다. 조상들의 지혜가 이젠 통하지 않는 시대가 되어버렸다. 아직 가을인데…… 겨울이 몰래 진군하고 있

었다.

혹독하게 추웠던 지난겨울은 얼떨결에 보냈다. 마음이 혼란스러워 정신없을 때 지나가버린 것이다. 겨울방학 동안 성열이와 함께한 것은 내게 특별한 시간이었다. 성열이가 곁에 있었기에 혹독한 겨울을 보낼 수 있었는지 모른다. 올겨울은 또 어떻게 보내야 하나. 벌써 걱정이 앞선다.

아침 일찍 서둘러 집을 나섰다. 아침은 내게 늘 어색하다. 날이 밝아져 오는 시간이 나에게는 잠자리에 들 시간이기 때문이다. 토스트와 커피로 아침을 해결했다.

새끼 새에게 가지 못했다. 어색한 아침이 분주했기 때문이다. 어미 새가 잘 보살피고 있겠지. 나의 관심이 어쩌면 간섭일지도 몰라. 하지만 산에서 내려와 먹이를 찾는 고라니를 생각했다.

며칠 전 J형님의 고구마 밭을 멧돼지가 모두 망쳐놓았다. 고라니는 홍씨 아저씨네 배추밭의 모종을 반 가까이 먹어치웠다. 숲에 있어야 할 야생의 동물들이 민가로 내려오고 있다. 배추는 파종시기가 지나버렸기에 목표한 수확은 기대할 수 없게 되었다. 홍씨 아저씨의 피해는 이만저만이 아니다. 하지만 그들도 살아야 한다.

질서가 무너지고 있다. 땅이 이러하니 하늘도 그러할지 모른다. 그러니 걱정되는 게 맞다.

내가 아는 것은 늘 부족하지만, 과학이 계속 발전한다 하더라도 우리가 아는 것이 얼마나 될까? 나는 고작 새끼 새가 먹는 먹이도 모르는 수준이니 말이다.

팔현리 산골짜기에 편지 한 통이 도착했다. 또박또박 손글씨로 주소를 적은 아내의 편지였다.

연애할 때도 편지를 주고받은 기억이 없는데 무슨 일일까? 편지의 내용이 몹시 궁금했다. 그리고 편지를 뜯는 순간까지 가슴이 두근거렸다.

아내가 보낸 편지에는 성열이 예방주사 접종을 확인해달라는 내용과 성열이의 성적표가 들어 있었다. 성열이의 성적표는 6년 전 제열이의 성적표와 너무도 같았다. 제열이가 중학생이 되어 처음 성적표를 가져왔을 때 성적표는 생전 처음 보는 숫자의 집합이었다. 양심은 있던지 고개를 숙이고 미안해하는 제열이에게 "이거 엄마 보여주면 기절하니까 다음에 잘해서 보여주지"고 했다. 하지만 제열이는 엄마에게 단 한 번도 성적표를 보여주지 못하고 중학교와 고등학교를 졸업했다.

아내에게는 충격이었을 것이다. 이때부터 포기하는 법을 조금씩 배우기 시작했을 것이다. 아니, 어쩌면 그전부터일지도 모른다.

버스 안에서 아내에게 문자를 보냈다.

'성열이가 왜 그래? 반항이야?' 아내는 장문의 글을 문자로 보냈다.

'당신 말대로라면 추락이네?' 성열이가 걱정되었다. 일상이 건강해 보이지 않았다. 힘이 쭉 빠지면서 가슴이 뛰었다. 숨이 찼다. 우리집 남자 셋은 왜 이렇게 엄마를 힘들게 하는 걸까? 심술이 난 영희가 철수 손등을 꼬집듯 가시에 찔린 것처럼 가을햇살이 따갑다.

"성열아. 아빠가 서울에 왔어. 얼굴 좀 보자."

"오늘 좀 피곤한데……."

"그래도 보자."

"피곤하다니까."

"모처럼 나왔는데 보자."

"추석 때 보면 되잖아. 오늘 정말 피곤해."

"오늘 꼭 만나야 해. 아빠가 그때까지 참을 수가 없어."

"알았다. 어른들은 이길 수가 없다니까. 이젠 아빠까지. 싫다는데도 우기면 질 수밖에 없으니까."

갑자기 성열이의 태도가 낯설게 느껴졌다.

"때론 하기 싫어도 해야 하는 경우가 있다. 지금이 그런 경우라고 생각해 봐." 그러면서 생각했다. 며칠 후면 추석인데 그때 이야기해도 되는데 그때까지 좀 더 생각할 수 있으니 성열이가 하자는 대로 할까? 아니야. 그렇게 미루다 보면 아무것도 할 수 없어. 수업을 마칠 시간에 성열이에게 전화했다.

"반갑다, 아들."

성열이를 보는 순간 근심걱정이 일시에 사라졌다. 모를 때, 알 수 없을 때 걱정이 되고 보지 못할 때, 볼 수 없을 때 무섭고 공포가 느껴지는 것이다.

"교대 앞에 아빠 친구가 호프집을 개업했는데 거기 가서 저녁 먹자."

"난 터미널 지하 호프집 치킨이 맛있는데."

"아빠가 개업 때 못 갔으니 오늘 갔으면 하는데."

"음, 그래? 그럼 거기로 가."

차를 타지 않고 성열이와 이야기하며 손을 잡고 걸었다. 시끄러운 소음과 눈부시게 찬란한 도시의 불빛, 숨이 막히는 매연의 향연. 그래도 아들과 손을 잡고 걸을 수 있으니 즐거웠다.

성열이와 마주앉아 아내가 보낸 장문의 문자를 성열이에게 보여주었다.

"내가 게으른 것은 맞아. 컴퓨터 많이 하는 것도 맞고. 하지만 나머지는 모두 엄마의 지나친 관심으로 인한 오해야. 엄마가 염려하고 걱정하는 만큼은 아니야. 야동을 본다고 엄마의 걱정이 크던데 호기심으로 몇 번 봤어. 하지만 걱정하지 않아도 돼. 물론 보고 싶은 마음은 있었지. 그건 솔직한 마음 아닌

가?"

"그래, 아빠도 어렸을 때 그랬다. 충분히 이해해. 억누르며 참는 것보다 알고 해소하는 게 바람직하지. 하지만 성에 관한 부족한 지식으로 몽매하게 빠져들면 안 된다."

"알아. 아빠 엄마가 이야기해준 거 다 알아."

"어떻게 알고 있는데?"

"성은 사랑의 표현이면서 생명탄생의 위대한 일이라는 거. 그래서 때가 있고, 책임이 따른다는 거. 본능도 중요하지만, 이성이 함께 작동해야 한다는 거."

"그래, 성열이는 중학생이니까 그 정도면 됐다."

"아빠, 피곤하다. 그만 가자."

"정말 성열이가 피곤한가 보다."

"체육 시간에 50m 달리기를 여러 번 뛰었더니 다리에 알이 배겼어."

"천천히 뛰지 그랬어."

"기록에 따라 점수를 매기는데?"

"그렇지. 점수를 매기는데 죽기 살기로 뛰어야지……."

체육도 점수, 미술도 점수, 음악도 점수. 점수를 많이 딴 아이가 체대도 가고 미대도 가고 음대도 가니까. 하지만 그 아이들이 올림픽에 나가고 멋진 가수가 되고 위대한 화가가 되는 걸까?

학교는 아이들이 친구들과 함께 미래의 꿈을 꾸는 곳이다. 꿈을 점수로 매기는 교육현장에서 아이들은 어떻게 꿈을 꿀 수 있을까?

"알았다. 한 잔만 더 마시고 가자."

"그만 마셔라."

"이제 두 잔 마셨는데?"

"한 잔만 더 마시고 가자."

"업어줄게."

"알았어."

한 잔을 더 마시고 남은 안주는 포일에 싸서 가지고 나왔다. 배낭을 성열이에게 주고 녀석을 업었다. 허벅지가 예전보다 굵어져 손이 쉽게 닿지 않았다.

"성열이 몸무게는?"

"40kg."

많이 컸다. 잘 컸다. 힘이 들어도 아빠는 행복하다. 엄마를 기쁘게 해주면 정말 최곤데……. 교대에서 반포까지 기분 좋은 마음으로 휘청거리는 도시를 아이를 업고 걸었다.

팔현리 입구를 알리는 멘트가 소음에 섞여 가늘게 들렸다. 버스에서 내렸다. 해질녘 하늘은 노을이 붉게 물들어 있었다. 빠른 걸음으로 저수지 옆길을 걸었다. 날이 조금씩 어두워지고 있었다.

새 둥지는 집에서 200m 거리에 있다. 여름 장마 때 길이 유실된 후 옆에 새로 난 길가에 서 있는 키 높이 나무의 중간 가지에 있었다. 어린아이 새끼 손가락만한 가지에 둥지를 틀었는데 그 위치며 모양새며 견고함에 나는 놀라고 말았다. 가우디만큼 위대한 건축가의 작품이라 해도 손색이 없었다. 짚과 나뭇가지만으로 만들었지만, 태풍이 불어도 날아가지 않을 것 같았다. 가느다란 가지 사이에 집을 지은 것은 아마도 뱀 같은 파충류의 접근을 막기 위함일 것이다. 생명에 관해서만큼은 결코 인간에게 뒤지지 않는 지혜가 놀라웠다.

인기척을 느끼자 새끼 새는 얼굴보다 더 크게 입을 벌리고 먹이를 달라며 찍찍거리며 울었다.

아직 눈을 뜨지 못했고 몸에는 깃털이 나기 시작했다. 태어난 지 일주일 정도 되었을까? 새끼 새의 상태를 살피고 작업실로 내려와 인터넷 검색을 했다. 먹이는 무엇이 좋을까? 검색 결과 집에서 할 수 있는 것은 쌀을 물에 불린 다음 으깨서 주면 되었다. 다행이었다. 12곡이 섞여 있는 먹이를 한 움큼 물에 불렸다. 토스트도 조그맣게 잘라 그릇에 담았다.

밤공기가 차다. 추위가 느껴졌다. 며칠 전 눈썹 같았던 달이 딱 반달이 되었다. 하늘엔 별들이 총총했다. 도시의 가로등보다 훨씬 밝다. 하지만 눈이 부셔 아프지도 않고 포근하고 아늑하다. 야생동물의 울음소리가 들렸다. 홍씨 아저씨 밭의 배추 모종을 뜯어먹은 고라니일지도 모른다. 화가 난 아저씨는 꼭 잡고야 말겠다며 배추밭 주변에 덫을 놓았다. 다행히 오늘은 걸리지 않은 모양이다. 하지만 이것이 다행한 일일까? 고라니가 산에서 내려와 배추 모종을 먹어야 하는 이유가 마음 아프다.

천마산이 손에 잡힐 만큼 보일 때 까미가 짓는 소리가 들렸다. 발자국 소리가 들리는 것인지 나의 냄새를 맡는 것인지, 신기하면서 기분이 좋다. 어제는 목욕을 하고 함께 잤지만 오늘은 야영이다. 까미에게 밥을 주고 물에 불린 쌀을 으깨서 빵부스러기와 섞었다. 작은 종지에 담아 수저를 들고 헤드랜턴을 켰다. 새 둥지로 가려고 계단을 내려오는데 아래층 여인은 멧돼지 때문에 걱정이 된다며 아침에 가라고 말리셨다. 그래도 새끼 새가 걱정이 되어 참을 수 없었다.

달빛이 밝아도 밤길은 으슥하다. 이곳은 일 년 내내 이슬이 내린다. 오솔길을 덮은 풀이 이슬에 젖어 발이 차갑다. 냉기가 마음을 더 차갑게 한다. 뱀도 많은데 혹시 밟히지는 않겠지. 눈은 크게 뜨고 귀는 쫑긋 세우고 조심조심 산

길을 걸었다. 거미줄이 자꾸만 얼굴에 걸렸다.

둥지 위에 낮에 보지 못했던 것이 있었다. 뭔가 하며 나뭇가지를 젖히는데 새 한 마리가 푸드덕 하며 날았다. 어미 새였다. 깜짝 놀랐지만, 순간 다행이라는 생각이 들었다. 놀라면서 마음이 편해지는 묘한 느낌이 다른 별에 온 것 같았다. 참 신기한 경험이었다.

어미 새가 새끼 새를 지키고 있는 것이다. 그래도 먹이가 부족했을 것 같아 모이를 주고 물도 주었다. 그때 꽁지를 들더니 새의 얼굴만한 배설물을 둥지 밖으로 싸는 것이었다. 아!~ 하는 탄성이 저절로 나왔다.

편안한 마음으로 돌아올 수 있었다. 돌아오는 길은 달이 더 밝게 비치고 별이 더 많이 반짝이는 것 같았다. 벌레들의 울음소리도 들렸다.

짧은 시간에 여러 가지 생각을 했다. 새에게 모이를 조금 주면서 많은 생각을 얻었다. 그들도 우리처럼, 내가 성열이를 생각하는 것만큼 어미 새도 새끼 새를 보살핀다는 것을. 새들에게 그것은 사랑이 아닌 다른 개념일지 몰라도 우리에겐 깊은 사랑이라는 것을……. 2011년 9월 8일

생명이 자라는 시간

서재 한켠에 놓아둔 봄동과 상추가 일주일이 넘었는데도 싱싱하다. 신기하다. 냉장고에 넣었을 땐 금방 시들어버렸다. 온도를 내렸더니 이번에는 튀김처럼 얼어버렸다.

겨우내 서재는 난방을 하지 않았다. 글을 써야 할 때는 히터를 무릎 옆에 두었다. 자연은 그대로 가까이하면 벗이 된다. 해를 끼치거나 하지 않는다. 우리들의 이기심으로 함부로 대할 때 자연은 신음하고 아파한다. 문명의 변화에도 예민하게 반응한다. 그것을 간과할 때 한꺼번에 몰아치는 것이 재앙이다.

"아빠, 사릉역에 방금 내렸어."

"알았다."

조금 일찍 전화하지. 차가 내려갈 수 있게 길에 쌓인 눈을 쓸기 시작했다. 한참은 걸릴 것 같았다. 아무래도 안 되겠다 싶어 가래질을 멈추고 버스 정류장을 향해 뛰기 시작했다. 길이 미끄러웠다. 온몸에 힘이 들어갔다. 뒤뚱뒤

뚱 걷는 건지 뛰는 건지……. 저수지에 도착했을 때쯤 온몸에 땀이 나기 시작했다.

왜 뛰는 거지? 차를 움직이지 못하니까. 버스 정류장까지 거리가 너무 머니까. 혼자 눈이 쌓인 먼 길을 걸어서 와야 하는 아이를 위해서.

그건 사랑인가? 눈이 쌓인 먼 길을 혼자 걷는 경험을 주는 것도 사랑일 텐데. 하지만 부모는 자식이 힘들고 아파하는 것을 참아내지 못하지. 좀 바보 같은 사랑이다.

성열이 손을 잡고 미끄러운 길을 종종걸음으로 걸었다.

"아빠, 얼마나 더 걸어야 해?"

"성열이는 아빠 걸음보다 느리니까 길도 미끄러우니까 1시간 더 가야 해."

"멀다."

"아빠는 매일 걸어 다니는데?"

"아빠는 걷는 거 좋아하잖아."

"저수지 길로 가자."

"왜?"

"차가 다니지 않으니까 안전하고 조용하고 물이 가까이 있어 좋아."

눈이 내린 저수지의 모습이 달빛에 빛나고 있었다. 창포에 머리 감은 여인의 머리카락 사이로 하얗게 빛나는 목처럼. 마중 나온 달빛을 받으며 함께 걷는 어린 생명의 모습에서도 월광이 빛났다. 세상에 가득 찬 이 어둠은 생명이 숨쉬는 소리인가 보다. 산 너머에 있는 아침이 오기를 바라는 기다림인지도 모른다.

희망을 담는 시간, 꿈을 꾸는 시간, 생명이 자라는 시간. 2011년 11월 2일

동기 부여

토요일 인수봉 등반을 마치고 평촌 어머니에게 갔다. 혼자 사시는 어머니 집은 늘 한적하고 깔끔하고 정갈했다. 매일 만지고 닦아 손길이 느껴지는 오래된 도자기 같은…… 귀하고 소중한 것이지만, 잘못하면 떨어져 깨질 것 같아 조심스러운……. 그곳에서 이틀을 쉬고 작업실로 돌아왔다.

꽉 찬 배낭을 풀었다. 어머니는 냉장고에서 이것저것 꺼내 배낭이 넘칠 만큼 바리바리 싸주셨다. 쌀도 넣으셨다. 힘들게 살던 시절 가난한 사람에게 떨어지면 안 되는 것이 두 가지 있었다. 쌀과 연탄이었다. 특히 추운 겨울에 연탄이 떨어지면 서로 체온으로 의지하며 해가 뜰 때까지 긴 겨울밤을 버텨야 했다. 그 시절의 겨울은 유난히 추웠다.

배낭을 정리하며 엄마 없으면 어떻게 살지 하는 생각을 했다. 샤워 후에 시원한 막걸리를 한잔 했다. 아~ 좋다. 길들여지거나 익숙한 것에 대한 편안함 같은 것이다. 집이든 사람이든 떨어져 있어봐야 소중함을 알게 된다. 어리석은 유전자의 창고, 몹쓸 단백질 덩어리……. 혼잣말로 중얼거렸다.

"아이가 다쳤어요." 이가 부러졌다며 옆집 아주머니가 성열이를 데리고 왔다. 이가 새로 나는 시기라 위 아랫니 모두 빠지고 어금니 달랑 두 개 남았는데 그중 하나가 부러졌다. 나는 허둥대며 아이와 함께 치과로 달려갔다. 부러진 어금니를 보여주며 치료가 되겠느냐고 물었다. 곱상하게 생긴 여의사는 '해봐야지요' 하며 방긋 웃었다. 속이 바싹 타는데 남의 일이라고 여유를 보이는 의사가 미웠다. 뒤척이다 잠이 깨었다. 성열이는 초등학생 때의 모습이었고 꿈이었다.

"아빠, 전화했었네. 나 지금 학원에서 끝났어."

성열이 목소리가 밝다.

"기분 좋은 일 있니?"

"뭐 특별히 그렇진 않은데."

"목소리가 밝아서 아빠 기분이 좋다."

"그래?"

"어때 요즘?"

"괜찮아. 좋아."

"아들. 때론 몰입하고 집중해야 할 때가 있어. 아들은 지금이 그 시기라고 아빠는 생각해."

"그래?"

"동기 부여가 안 된다고 했잖아."

"지금도?"

"아직은……."

"동기 부여도 중요하지만 숨쉬는 것처럼 꼭 필요한 것은 늘 꾸준히 해야 해. 생각을 깊이 해봐. 생각은 문제의 실마리를 찾는 방법이야. 그래도 첫째는 건강이다. 몸과 마음이 모두 건강해야 해."

"알았어. 늘 아빠가 하는 말. 참, 내일모레 아빠 생일이네. 축하해."

"와~ 기억하고 있네."

"당근이지."

"선물 뭐해줄 거야?"

"편지 쓸게."

"최고."

"집까지 얼마나 남았니?"

"3분."

"그래 잘 들어가. 잘 지내고."

"알았어."

성열이의 목소리가 오랜만에 맑았다. 가을 햇살처럼 포근하고 따뜻했다.

2012년 9월 4일

잘못

"아빠. 나 제대가 좀 늦었잖아. 궁금하지 않았어?"

"그런 생각 하지 않았는데."

"사실은 군기교육대 다녀왔어. 엄마 아빠 걱정할까봐 이야기 안 했어."

"왜?"

"못된 놈이 하나 있어서 좀 괴롭혔어."

"사람을 힘들게 하는 건 옳지 않아. 참지 그랬니?"

"그게 잘 안 됐어. 군대라서 그런지 거기다 말년."

"군대 말년에는 떨어지는 낙엽도 조심하라는 말이 있는데……. 아무튼 건강한 모습으로 돌아왔으니 다행이다. 참 어려운 것이 사람과의 관계야. 세상에는 여러 부류의 사람이 있으니 관계를 잘하도록 해. 특히 여자는 힘들게 하지 마라. 제열이는 아빠와 엄마를 통해 느꼈으니 잘하리라 믿는다."

"아빠. 나 중학교 2학년 때인가? 정섭이 형이 학교 그만두고 형 밑에서 목수일 배우라고 했을 때 안 간 거 잘한 것 같아. 그땐 고민도 하지 않고 바로 이야기했던 것 같아. 내가 아직 잘 모르니까 뭘 좀 안 다음에 선택하겠다고 했잖아. 대학 졸업하고 시작해도 늦지 않은 것이라는 이야기도 했던 것 같고. 지금 생각하니까 이런 것 같아. 내가 하고 싶은 것을 하겠다는 생각이었던 것 같아. 중학교 2학년이 뭘 알아. 하고 싶은 것을 하는 것, 열심히 하는 것, 어렸을 때지만 아빠에게 배운 것 같아. 난 부족함 없이 풍족한 삶도 가난한 삶도 엄마 아빠가 헤어진 삶도 다 경험했잖아. 그래서 일찍 커버린 것 같아. 호연이 형이 그러는데 아빠가 멘토였대. 외가에서 유일하게 통하는 형이야. 난 일단 돈을 벌 거야. 돈을 벌면서 무엇을 할 것인지 생각할 거야. 지금은 복학도 더 좋은 대학도 뭐도 관심 없어. 돈을 번 다음 동기 부여가 되는 일을 시작할 거야. 그것도 아빠에게 배웠어. 아빠가 돈이 있었을 때의 삶과 가난했을 때의 삶의 모습이 다른 것을 통해. 아빠는 어려운 현실을 극복하려고 철인삼종을 하고 고소공포가 있는데도 암벽 등반을 했어. 한계를 넘어서려고 발버둥쳤지만 그것조차도 엄마에겐 독이 되었던 거야. 아빠의 근원은 좋았을 때나 힘들 때나 늘 그대로였어. 달라지지 않았어. 주변이 달라진 거지. 처음으로 엄마가 달라졌어. 그게 제일 안타까웠어. 어려워지면 가장 소중한 것도 잃을 수 있구나 하는 것을 알았어. 그건 상대적이어서 본인의 의지와 달리 조율이 쉽지 않잖아.

고등학교 3학년 때 대학 가려고 미대를 선택하고 늦게 학원등록 하고 그곳에서 천재소리 들었는데 내 귀엔 아무것도 들리지 않았어. 대학 가는 게 뭐가 중요한 거지? 하는 생각이었지. 성열이가 초등학교 4학년인데 엄마가 없는 공간, 왜 이렇게 되었는지 혼란스러웠거든. 난 분명히 잘될 거야. 성공할 거야. 아빠도 그렇게 되리라 난 믿어. 아빠는 세상에서 내가 제일 존경하는 사람이야. 물론 엄마도 사랑하고……. 엄마가 박사과정 포기하는 모습 보면서도 많은 걸 느꼈어. 다 왔는데 돈이 부족해서 포기하는 모습을 보면서 너무 안타까웠어. 자본주의 사회에서 돈이 없으면 불편한 것이 너무 많다는 것을 알았어. 난 불편한 삶을 살지 않을 거야. 그래서 냉정해지기로 했어. 하지만 아빠가 늘 이야기했던 것처럼 엄마를 성열이를 지키고 사랑하면서 살 거야. 나쁜 사람은 안 될 거니까 걱정하지 마. 아빠, 어려워도 힘내. 난 아빠를 믿어. 아빠를 이해하고 사랑하는 좋은 사람을 만났으면 좋겠어. 그래서 아빠도 행복해졌으면 좋겠어. 잠깐이었지만 행복해하는 모습 보아서 좋았는데 이제 더는 실수하지 마. 세상은 냉정하단 말이야. 아빠가 외롭지 않게 살았으면 좋겠어. 사랑해." 2012년 11월 11일

만나면 헤어지기 마련

며칠 전 성열이는 고민이 있다고 했다. 아빠랑 의논하자고 하자 혼자 해결할 일이라고 했다. 몇 번 더 묻자 사귀던 아이가 전처럼 친구 사이로 돌아가는 것이 좋겠다고 했다는 것이다. 이유는 이야기하지 않았다고 했다. 친구는 왜 마음이 바뀌었을까? 키가 작고 귀여워 보이는 얼굴이라서 고등학생처럼 보이지 않는 모습 때문일까? 그게 이유라면 어쩔 수 없다. 여러 번 생각을 해봐도 키가 작고 귀여워 보이는 모습 때문에 자기 눈에도 고등학생 같아 보이진 않을 테니까. 성열이는 그렇게 말했다.

성열이가 키가 작고 귀여운 것은 사실이다. 하지만 그것이 헤어지게 된 이유인지는 친구에게 물어보고 왜 친구 사이로 돌아가고 싶어하는지도 물어보아야 한다고 이야기해줬다.

엄마가 작아 제열이와 성열이도 작다. 아빠는 엄마가 작아서 더 좋았다고 했다.

처음에 사귈 때는 모두 좋아서 만난다. 헤어질 때는 다 그럴 만한 이유가 있을 것이다. 좋았던 것이 싫어지거나 싫증나거나……. 성열이와 제열이를 낳고도 엄마와 아빠는 떨어져 산다. 만나면 언젠가 헤어지기 마련이다.

헤어짐을 아파하거나 겁내지 말고, 함께 있을 때 서로 위하며 행복을 만끽해야 한다. 떠날 때 미련 없을 만큼.

산다는 것은 만남과 헤어짐의 연속이다. 그렇다 하더라도 헤어지는 것이 유쾌한 일은 아니다. 마음이 아플 때가 더 많다. 이성간의 만남은 결혼할 때가 아니면 친구로 오래 사귀는 것이 좋다. 아빠랑 이성 문제를 이야기하다니 좀 이상하다고 성열이가 말했다. 그건 성열이가 어린이에서 청년으로 성장했기 때문이다. 더 커서 어른이 되면 더 많은 대화를 나누자.

늘 마음을 설레게 하는 것이 있다면 그것을 하는 것이 좋다. 나를 설레게 하는 것이 나를 기쁘고 즐겁고 행복하고 평화롭게 할 것이다.

이야기를 나누는 사이 나는 소주를 한 병 마시고 성열이는 콜라를 한 병 마셨다. 참치회를 먹었는데 성열이는 자꾸만 아빠 많이 먹으라고 했다. 접시가 비워질 쯤 회가 더 나오자 성열이는 고개를 갸우뚱했다. 자주 데리고 다녀야 하는데…….

과일을 좋아하는 아내에게 줄 과일을 한 바구니 샀다. 바구니를 들고 걷는 성열이의 뒷모습이 왠지 작아 보였다. 하지만 언제나 나에겐 천사, 작아 보이지만 산처럼 큰 아이……. 모든 게 미안했다. 늘 곁에 있어줘야 하는데…….

제열이도 사귀던 아이와 헤어졌다. 어젠 30년 전에 만났던 교수님 어머니도 돌아가셨다. 난 정말 오랜만에 넥타이를 맸다. 다시는 맬 일이 없을 줄 알았는데……. 2013년 5월 27일

후생가외

어른이 되는 건
비겁해지는 것
겁도 많아지는 것이라고……
그래.
그럼 다시 시작…….

2012년 2월 4일

후생가외 1

성열이는 바라는 대로 영어 특성화반에 들어가게 되었다. 인근 학교에서 선발된 아이들과 함께 20명 안에 포함되었다. 나는 성열이를 축하해주었다.

얼마 전, 책상 앞에서 졸고 있는 성열이에게 이런 질문을 했다.

"성열아. 공부하는 게 재미있니?"

"재미있을 때도 있지."

"그럼 재미없을 때도 있다는 거니?"

"아니. 재미없지는 않아. 공부는 음식처럼 꼭 필요한 것이라고 아빠가 이야기했잖아. 항상 재미있는 것은 아니란 이야기야."

초등학교 4학년 성열이. 성열이에게 공부가 재미있으면 다행이다. 그러나 항상 재미있는 것만은 아니라 했으니 성열이가 공부를 하다가 지치지 않았으면 좋겠다.

성열이는 참 잘 노는 아이다. 혼자 있을 때도 그렇고 함께 있을 때도 그렇

다. 성열이가 잘 놀 수 있는 것은 네 살 때부터 시작된 가족과 함께하는 모임 때문인지 모른다. 이 모임은 '멋있게 살기 위해 노는 법을 배우자'라는 모임이다. 내가 보기에 아이들은 함께 어우러져 그야말로 신명나게 노는 것이 가장 큰 공부라는 생각이다. 놀면서 하는 공부에 대해 생각해본다.

어느덧 8년째다. 성열이가 제열이와 다른 것은 모임의 출발시점이 달랐기 때문이라는 생각을 한다. 네 살 때 시작한 성열이와 초등학교 3학년 때 시작한 제열이에게는 분명하게 갈리는 서로 다른 성향이 존재한다. 그것은 일상에서 생활의 흔적과 결과로 느낄 수 있다. 일상의 궤적이 많이 다르다. 어느 시점에서 일치하는 곳이 생길지, 아니면 계속 서로 다른 궤적을 그려 나갈지 모르겠다.

아이의 마음을 안다는 것은 부모의 생각과 다른, 아이의 생각을 헤아릴 수 있다는 것이다. 아이를 이해한다는 것은 부모의 생각과 다른, 아이의 생각을 지켜볼 수 있는 마음이다. 외줄을 타는 듯 위태로워 보여도 가슴을 졸이며 바라보는 것이 부모의 마음이다. 바라보는 마음이 아무리 안타까워도 아이를 줄에서 내려놓아선 안 된다. 한 걸음, 한 걸음 더 내딛을 수 있도록 해주어야 한다. 행여 아이가 잘못을 하거나 행동이 마음에 들지 않더라도 내치거나 함부로 해서도 안 된다.

자정이 가까워지고 있다. 형아에게 먼저 자겠다고 인사를 건넨 성열이는 한참 꿈나라를 여행 중이다. 잠깐 감기를 앓고 있는 성열이의 숨소리가 조금은 힘들게 느껴진다. 제열이 방의 불은 아직 꺼지지 않았다. 모든 것이 불처럼 활활 타오를 나이. 제열이는 오늘 또 무슨 생각을 하고 있을까…….

2007년 4월 11일

후생가외 2

사흘에 한 번은 일기를 써야 한다며 성열이가 일기장을 펴고 옆에 앉았다.

왜 사흘에 한 번 써? 일기는 매일 쓰는 것인데? 그랬더니 선생님께서 그렇게 하라고 하셨단다. 요즘 아이들은 할 일이 많아 일기를 쓸 시간이 부족해 사흘에 한 번 써도 되는구나 하는 생각을 하니 씁쓸했다.

주제는 정했느냐고 물었더니 냉큼 그렇다고 대답했다. 오늘의 주제는 '나에게 100만 원이 있다면'이라고 했다. 그래서 또 물었다. 100만 원이 생기면 아빠에게 50만 원을 빌려줄 수 있느냐고⋯⋯. 그랬더니 성열이는 단호하게 그럴 수 없다고 했다. 실제로 생기는 것도 아닌데 야박하게 어찌 그럴 수 있느냐고 했더니 100만 원에 대한 계획이 이미 모두 세워졌다는 것이다. 5분도 되지 않아 성열이가 일기장을 보여주었다. 일기의 내용은 이랬다.

제목: 나에게 100만 원이 있다면

나에게 100만 원이 생긴다면 제일 먼저 닌텐도 D.S를 사겠다. 그
것의 칩도 함께……. 그리고 20만 원 정도 남기고 불우이웃돕기 성
금을 낼 것이다. 나머지는 이자율이 높은 통장에 저금하겠다. 남긴
20만 원으로는 책과 필요한 것을 사고 집 살림에도 보태겠다. 그리
고 남은 것은 잘 가지고 있다가 꼭 필요할 때 쓸 것이다.

2008년 1월 4일 〈성열이 일기〉

몇 줄 안 되는 일기를 보며 왜 이렇게 짧아? 했더니 길다고 다 좋은 건 아
니라고 했다. 그건 그렇지만, 내용이 없으면 성의 없어 보일 수 있지 하며 일
기를 읽었다.

나는 성열이의 일기를 읽으며 또 한 번 피식하고 웃었다. 겉으로는 웃었지
만 속으로는 마음이 아팠다. 그리고 성열이의 마음을 헤아려보았다.

성열이의 일기는 다분히 닌텐도를 의식하고 쓴 글이었다. 닌텐도는 크리스
마스 전부터 갖고 싶어하던 것이었다. 그러니까 일기의 제목은 '나에게 100만
원이 있다면'이 아니라, '닌텐도가 생기면 얼마나 좋을까?'가 맞을 것이다. 하
지만 한편으론 뭔가 다른 영향을 받은 것도 분명히 느껴졌다.

'나에게 100만 원이 있다면'에는 아빠는 100만 원도 없는 사람이라는 생각
이 담겨 있는 것 같다. 그래서 내가 하고 싶은 것을 아빠에게 부탁할 수 없으
니 그런 행운이 생겨 원하는 소망이 이루어지면 얼마나 좋을까 하는 바람이
역력하다고 느껴졌다. 성열이는 아직 100만 원의 가치를 정확하게 알지는 못
할 것이다. 하지만 어느새 100만 원이 생기면 그것을 어떻게 운용할지 계획
을 세울 수 있는 나이가 되었다.

'제일 먼저 닌텐도 D.S를 사겠다. 그것의 칩도 함께······.' 성열이는 이모네에서 한 학년 높은 형이 가지고 노는 닌텐도를 보았다. 게임을 참 좋아하는 성열이, 얼마나 가지고 싶었을까? 오늘 일기를 쓰는 성열이의 마음이 가장 확실하게 드러난 문장이다. 당연히 팩이 있어야 게임을 하지, 팩은 필수조건······. 나는 큰 맘 먹고 사줘야겠다는 생각이 굴뚝같았지만, 마음을 가다듬고 참기로 했다. 성열이가 느끼듯이 아직 여유가 없기 때문이다.

안타까운 마음에 닌텐도가 어떤 것인지 알아보려고 인터넷을 뒤졌다. 닌텐도는 작은 전자사전처럼 생겼는데 게임팩을 사용해서 손에 들고 다니며 놀 수 있는 게임기였다. 가격을 살펴보니 팩과 함께 15만 원에서 50만 원까지 다양했다. 게임팩의 가격도 다양했다. 역시 아이들에게 사주기에는 벅찬 가격이었다. 아이들이 가지고 노는 장난감도 점점 명품화되어가고 가격도 터무니없이 높아지는 것 같다. 요즘 의식衣食에 관한 모든 것들이 그렇다. 돈 없으면 살기 어려운 세상이다.

'그리고 20만 원 정도 남기고 불우이웃돕기 성금을 낼 것이다.' 언제쯤인가 관계에 대해 성열이에게 이야기를 해주었다. 우리는 모두 관계 속에 있으며 좋은 관계는 서로 주고받는 사이라고 일러주었다. 성열이가 불우이웃을 돕겠다는 것은 관계에 대해 알고 느낀다는 것이었다. 나는 성열이의 머리를 쓰다듬어주었다.

4학년이면 생각이 구체적으로 스며드는 나이구나. 3학년과 4학년은 분명하게 차이가 나는구나 하는 생각이 들었다.

4학년. 돈이 생기면 구체적으로 뭔가 계획을 세울 수 있는 나이였다.

'나머지는 이자율이 높은 통장에 저금을 하겠다.' 이자율 높은 통장······. 내가 4학년 때는 생각하지 못한 개념이다. 4학년 교과과정에 경제에 대한 것들이 나오는가 보다. 선생님 말씀을 잘 듣는 성열이니 학교에서 배워 알겠지. 나는 아직 이자율에 대해 성열이에게 이야기를 해준 적이 없다.

성열이는 오늘 제열이와 새벽 2시까지 보드게임을 했는데 경제가 주제인 부루마블 보드게임이었다. 바로 조금 전의 결과인데 제열이는 성열이에게 마지막에 극적으로 역전패를 했다. 원인은 투자할 곳을 잘못 짚은 것이었다. 반대로 성열이는 투자에 성공해서 제열이보다 많은 이익을 남겼다. 부루마블 게임이 그런 놀이인지 모르고 있었다. 제열이도 즐거워하는 것을 보니 단순한 놀이는 아닌 것 같았다. 부루마블은 이번 크리스마스 엄마 싼타의 선물이었다.

'남긴 20만 원으로는 책과 필요한 것을 사고 집 살림에도 보태겠다.' 제열이는 풍요롭게 키웠지만 성열이는 제열이만큼 해주지 못했다. 제열이는 부족해도 넉넉함이 있는데 성열이는 늘 그렇지는 않지만 부족해 하는 편이다. 그러니 아이들에게 풍요롭게 해주는 것이 나쁜 것만은 아니다. 해줄 수 있을 때 하지 않는 것과 할 수 없어서 못하는 것을 아이들은 기막히게 알아차린다. 그러니 부모는 있을 때는 절제를 알려주고, 없을 때는 참을 줄 아는 인내를 가르쳐주어야 한다. 남긴 20만 원으로 책과 필요한 것을 사겠다는 것은 능력이 되면 부모에게 의지하지 않고 스스로 하겠다는 태도처럼 보인다. 살림에 보태겠다는 것은 넉넉하지 못하다는 것을 느끼고 있는 것 같아 안타깝다.

'그리고 남은 것은 잘 가지고 있다가 꼭 필요할 때 쓸 것이다.' 돈이 없으면 불편하다는 것을 성열이가 알고 있는 것일까? 공부를 열심히 하는 것은 은행에 돈을 저금해서 필요할 때 사용할 수 있는 것과 같다고 이야기해주었다.

성열이의 일기를 읽으며 오늘 또 많은 생각을 했다. 2008년 1월 4일

3분 동안

"아빠, 사인해주세요. 이건 문제집 푼 것. 이건 칭찬통장. 그리고 이건 알림장."

하루 일과가 끝나고 나면 나는 직장에서 결재하듯 성열이의 알림장과 숙제를 확인하고 성열이의 노트에 사인을 해주어야 한다. 하루도 빠짐없이 꼭 해야만 하는, 성열이가 나에게 주는 숙제인 셈이다.

'jump 시험공부 해오기'는 뭐야? 며칠 전에 기말고사가 끝났는데 또 시험이 있는 것이 궁금해 아이에게 물었다.

"그건 영어 인증시험이야. 1년에 한 번 전교생이 모두 보는 건데 듣고 쓰고 말하기를 테스트하는 거야."

"그래? 시험공부 많이 했니?"

"수업시간에 집중하기 때문에 특별히 공부하지 않아도 돼. 레벨이 별로 높지 않거든. 내가 영어는 좀 하잖아."

그 말이 맘에 들었다. 시험에 부담을 갖지 않는 아이의 마음이 홀가분해 보여 좋았다.

"그래 수업시간에 집중하고 나머지 시간에는 성열이가 하고 싶은 거 해. 그게 좋은 거다."

"알아. 아빠, 그럼 나 게임."

못 말리는 성열이. 할 거 다 했으니 게임을 하겠다는 성열이를 막을 도리가 없다. 형아가 올 때까지 게임을 하겠다며 성열이는 서재로 들어가 컴퓨터를 켰다.

다음날.

"아빠, 왜 전화 안 받아?"

성열이가 휴대폰으로 전화를 했다. 성열이는 수업이 끝나면 어김없이 전화를 한다. 수업이 끝났다는 것을 알리려는 것보다는 아빠가 무엇을 하고 있는지 그것이 더 궁금하기 때문일 거다.

"아빠. jump 시험결과 나왔는데 나 100점이야."

"그래? 잘했다. 축하해. 아빠가 축하퍼레이드 마중 나갈까?"

"아빠 또 사진 찍으려고 그러지?"

"응. 기념사진 하나 찍자."

요즘 성열이를 찍으려면 핑계 아닌 핑계를 준비해야만 한다. 어렸을 때는 사진 찍는 것을 전혀 거부하지 않던 아이가 요즘은 꼭 허락을 받아야만 한다. 어느새 주변을 신경 쓰는 나이가 되었나 보다. 아이에서 소년으로, 아니 어쩌면 사춘기일지도 모르겠다.

제열이는 사춘기가 있는 듯 없는 듯 특별한 일 없이 조용히 지나갔었다. 하지만 성열이는 제열이보다 훨씬 더 예민한 편이다. 오늘은 기분이 좋았는지

사진 찍는 것을 흔쾌히 허락했다. 하지만 허락한 시간은 딱 3분이다.

성열이를 찍는 데 3분이면 충분한 시간이다. 오랫동안 함께했기 때문이다. 카메라를 들어도 성열이는 렌즈를 보지 않는다. 그래도 오늘은 바라보는 시선을 담아볼 생각이다. 언제 마주칠지 모르는 순간을 놓치지 말아야 한다. 그때를 기다리는 순간까지 나는 긴장을 늦출 수 없다. 해가 많이 짧아졌다. 조리개를 개방해도 빛이 부족하다. ISO를 800에 맞췄다. 성열이가 허락한 3분. 길지도 짧지도 않은 시간. 숨조차 아껴야 하는 시간.

하지만 내게 가장 행복한 시간······. 2008년 12월 10일

여행 1

"아빠, 나 용돈 좀 줘."

"뭐 할 건데?"

"친구들이랑 놀이동산에 가기로 했어."

"얼마나 필요하니?"

"3만 원."

"그렇게 많이?"

"좀 많지?"

"놀이동산에 갔다가 영화도 볼 거야. 밥도 사 먹어야 하니까 그 정도는 필요해."

"그렇구나. 잘 다녀와, 몸 다치지 말고."

성열이가 처음 여행을 떠나는 날이다. 바다를 건너 멀리 가는 것은 아니지만, 보호자 없이 가는 첫번째 여행이다. 사고 없이 건강한 모습으로 돌아오기를 바라며 아이에게 용돈을 주었다.

3만 원은 제열이에게 주는 일주일 용돈이다. 저녁을 사 먹고 차비까지 하기엔 빠듯한 용돈이다. 그러니까 하루 용돈으로 성열이에겐 큰돈이다. 성열이에게 이렇게 큰돈은 아직 주어본 적이 없다. 하지만 성열이는 대수롭지 않게 3만 원을 받아 지갑에 넣었다.

며칠 후, "아빠. 나 밖에 나가 친구들이랑 놀래." 4교시 수업을 마치고 문을 열고 들어오면서 성열이가 말했다.

"내일도 4교시야. 신종 인플루엔자 때문에 수학여행을 못 가잖아. 그래서 단축수업을 하는 거야." 안타깝다. 건강이 우선이긴 하지만, 평생 기억에 남을 소풍을 못 가다니. 어른들이 저지른 일들이 드디어 2세들에게 피해를 입히는구나 하는 생각을 했다.

"오늘은 구리로 갈 거야. 용돈 좀 줘."

"얼마나 필요하니?"

"아빠가 알아서 줘."

성열이는 6학년인데 아직 돈에 대한 개념이 확실하지 않다. 계획이 분명하지 않으니 얼마를 받아야 할지 생각이 없는 것이다.

지갑엔 현금 4천 원이 남아 있었다. 만원권은 어제 제열이가 모두 가져갔다.

"교통카드도 가져가."

"아빠꺼잖아."

"학생이라고 하고 타면 돼."

용돈이 부족할 것 같아 교통카드를 내주었다.

"괜찮아. 이것만 가져갈게."

친구를 만날 마음이 급하다. 성열이는 용돈만 주머니에 넣었다.

"뭐할 거니?"

"시장에 가서 곱창도 먹고, 친구들이랑 의논해봐야지."

"그래 잘 다녀와."

6학년 성열이가 사람의 숲으로 한 발 내딛기 시작했다. 2009년 10월 13일

사랑하기

가을이 점점 깊어가고 있다. 아침저녁으로 공기가 겨울 못지않게 차다. 입술을 모아 후 하고 불면 유리창에 입김이 서리고 몸을 잔뜩 웅크린 까미는 두 눈만 말똥말똥 굴리고 있다.

갑자기 어릴 적 장난기가 발동했다. 나는 입김이 서린 유리창에 손가락으로 글을 썼다. 성열이가 여자친구가 생겼대요. 제열이도 6학년 때 여자친구가 있었다. 인근에 작은 교회가 있었는데 그 교회 목사님 딸이었다. 혜윤이. 조용하고 순하고 이름처럼 맑고 예뻤다.

병풍처럼 둘러싼 아파트 숲 뒤로 천마산 능선에 아침해가 걸렸다. 다음주엔 ○○그룹 무박2일 지리산 등반을 지원한다. 다음날은 중앙마라톤을 뛰고 그다음 주엔 설악산 또 다음주엔 원효 만경대 릿지……. 산은 그저 동경의 대상일 뿐이었는데 요즘 주말마다 산행이 잡혀 있는 것은 모두 산을 좋아하는 친구를 만나 생긴 변화다.

성인이 되어 산에 오른 것은 아내와 연애할 때 도봉산 근처에 함께 취재를 나갔다가 그 길로 북한산 백운대를 오른 것이 처음이었다. 그땐 산이 좋아서 가 아니라 아내에게 좀 더 가까이 가고 싶은 마음에 궁리 끝에 구두를 신은 채로 백운대를 오른 것이다. 한창 혈기가 왕성했을 때의 일이다. 그후로 산에 간 기억은 없었던 것 같다.

지난 주말엔 천진암 계곡에서 야영을 했다. 지리산 지원조와 산악회원들을 모아 친구가 잔치를 벌였다. 등갈비와 새우, 세발낙지, 대합에 전어까지, 부부는 바리바리 준비도 많이 했다. 모닥불을 피우고 밤새 술을 마시며 노래를 불렀다.

성열이는 취학 전인 아이에게 새우껍질을 하나하나 까서 주었다. 새우는 맛이 있는데 껍질 까는 것은 귀찮은 일이라며 늘 내게 시키던 일이었다.

"그 녀석 기특하군. 누나라고 어린 동생을 챙겨주네." 성열이를 처음 본 친구들은 모두 성열이를 3~4학년쯤 되는 여자아이로 알았다. 성열이는 그런 반응에 개의치 않았다. 얼마나 흥에 겹고 맛있게 먹었는지 손바닥이 덴 줄도 몰랐다.

다음날 따가운 햇살에 눈을 뜨니 세상은 온통 붉은색이었다. 맑고 시원한 바람이 가까이 다가와 몸을 흔들어 깨웠다.

아침은 해물칼국수로 해결하고 분원리로 이동, 사이클을 탄 후 중앙마라톤 대비 러닝 훈련을 했다.

성열이는 또래 친구가 없어 심심하다며 집에 가자고 했다. 하지만 훈련계획이 있는 것을 알고 끝날 때까지 기다려주기로 했다. 훈련을 마치고 늦은 점심을 먹고 갈 때까지 성열이는 아빠 친구의 집에서 동생들과 함께 놀며 기다렸다.

"아빠, 자건이는 참 귀여워. 자현이는 수학문제도 풀 줄 안다. 그래서 내가 문제를 내서 공부 좀 시켰지. 애들이 모두 착해."

동생 없이 자란 성열이는 어린 동생들이 좋은 모양이다. 거실 가득 블록으로 미로를 만들었다. 자현이는 성열이 형아가 만든 거라며 내게 자랑을 했다. 서너 시간은 족히 걸렸을 것이다. 섬세함과 정성이 곳곳에 배어 있었다. 미감과 조형감각이 제열이와 닮았다. 타고난 재주다. 그러고 보니 생각이 난다. 학기 초에 제열이가 성적표를 보여주었는데 전교 석차란에 비어 있듯 썰렁한 두 칸이 눈에 들어왔다. 체육과 미술 과목이었다. 뜻밖에 모두 1/236, 전교 1등이었다. 나머지는 모두 바닥 수준이었다. 나는 성적표를 보며 한참을 웃었다.

"제열아, 성적표에 처음과 끝이 함께 있다는 것이 대단하다." 제열이는 쑥스러운 듯 웃었다.

"무엇이 어떻게 처음이 되고 끝이 되는지 알겠니?"

"네."

"그렇다면 필요한 것들을 모두 처음으로 만들 수 있지?"

"네."

일반적인 시각으로 보면 제열이는 공부 못하는 아이였다. 하지만 나는 한 번도 그렇게 생각하지 않았다. 그 잣대가 너무 편협하고 비합리적이기 때문이다. 내 생각이 옳았다는 것을 성적표를 보고 확인할 수 있었다. 성적표를 다시 볼 때마다 자꾸만 웃음이 나왔다. 수능시험을 며칠 앞둔 제열이는 집에 들어오는 날이 들쑥날쑥했다. 성열이는 그런 제열이를 마냥 기다리다 잠이 들었다.

"아빠, 내일은 30분 일찍 깨워." 성열이는 제열이와 달리 늘 명령하듯 나에게 이야기했다.

"왜?"

"학교에 일찍 갈 일이 있어. 참, 아침에 온수가 잘 나오지 않아. 요즘 아침 날씨가 많이 쌀쌀해졌어."

"알았다."

여자친구가 생기더니 성열이가 부쩍 부지런해졌다. 밥도 많이 먹고 얼굴에 미소가 떠나지 않는다. 사랑은 참 기분 좋은 거다. 마음이 저절로 즐겁고 유쾌해진다. 나도 덩달아 기분이 좋아졌다. 세상에 사랑하는 마음보다 더 좋은 것이 있을까?

30분 일찍 성열이를 깨웠다. 보일러를 켜고 세면대에 따뜻한 물을 받았다. 손을 살짝 넣어보았다.

따뜻한 온기가 가슴까지 전해졌다. 2009년 10월 22일

성열이 엉덩이에 단풍 들겠네

어느새 11월이다. 시간이 참 빠르게 간다. 아침에 눈을 뜨면 계절이 바뀌어 있다. 나이가 들면 아이들이 자라는 모습만 보이는 것 같다. 그건 상대적으로 내가 점점 작아진다는 것이다. 나이가 들면 애가 된다는 말이 맞는 말인가 보다.

산간지방엔 벌써 눈이 왔다는 소식이 들렸다. 가을은 마실 나온 새색시의 발걸음처럼 바빴다. 뒷모습만 잠깐 보이더니 쏜살같이 빠르게 지나가버렸다. 주말엔 지리산에 다녀왔다. 산악동호회에서 선발된 11명의 대원이 ○○그룹 임직원 350명을 지원하는 산행이었다. 조금 일찍 모여 상견례를 하고 저녁 식사 후 9시에 서울을 출발했다. 무박2일. 중산리를 출발해 천왕봉에서 일출을 보고 장터목을 거쳐 백무동으로 하산하는 코스다. 토요일에 비가 온다는 소식이 있어 신경이 쓰였다. 오버트라우저와 보온이 될 옷들을 챙겼다. 어느새 60리터 배낭이 꽉 찼다. 아직 산에 대한 경험이 부족한 내게 배낭의 크기

는 무게만큼 부담이 되었다.

산행은 트라이애슬론보다 준비과정이 복잡하다. 계절에 따라, 코스에 따라, 일정에 따라 장비가 바뀐다. 처음엔 그저 배낭에 물통 하나 넣고 등산화만 신으면 되는 줄 알았다. 어느 날 친구 집을 방문했을 때 방 하나를 모두 차지하고 있는 장비를 보고 깜짝 놀랐다. 엄청난 규모에 정교함과 섬세함이 가슴을 뛰게 했다. 벽에 걸린 원정사진과 장비가 겹치면서……. 장비는 산행에서 손과 발이 되고 심장이 되기도 한다는 것을 알게 되었다. 히말라야를 오르는 고산등반을 눈으로만 여러 번 보았지만 장비에 대한 생각은 전혀 하지 못했다. 하지만 장비는 생명과 직결된 몸의 일부라는 것을 산을 가까이하면서 알게 되었다.

20대는 공부를, 30대는 일을, 오로지 그렇듯 단순하게 세상의 틀에 갇혀 살았다. 40대에는 그렇게 살 수 없다는 생각에 방황이 시작되었다. 나에게 운동과 등산은 깨달음을 얻기 위해 끝없이 가야 할 수행의 길이 되었다. 더는 물러설 곳이 없었다.

비행기가 도착했다는 안내방송이 계속 흘러나오고 있었다. 멘트가 끝나는 사이사이에 비틀즈의 음악이 감미롭게 흘렀다. 7번 게이트 앞 의자에 여행가방을 안고 있는 꼬마아이가 보였다. 의자 등에 가려 하마터면 보지 못하고 지나칠 뻔했다. 성열이는 거인 나라에 여행을 온 소인국 사람 같았다. 그래도 다행이다. 저만큼 자라주었으니……. 의자에 앉아 두 발을 시계추처럼 흔들고 있는 성열이 모습이 영화의 한 장면이었다. 나는 한걸음에 달려가 성열이를 안았다.

"잘 다녀왔니?"

아기처럼 부드러운 성열이 얼굴에 볼을 맞추고 비볐다.

"아이 따가워. 땀 냄새 난다. 운동하다가 왔구나. 얼른 내려놔라."

알레그로와 스타카토가 동시에 연주되는 것처럼 빠르고 또렷하게 이어지는 성열이의 목소리는 바흐의 음악보다도 아름답고 감미롭게 들렸다. 깃털처럼 부드러운 촉감과 풋풋한 아이의 냄새……. 아빠의 얼굴은 수염 때문에 따갑고, 몸에선 늘 땀 냄새가 난다고 성열이가 말했다. 땀 냄새가 날 때마다 성열이는 아빠 냄새라고 했다.

"오늘은 담배냄새와 섞이지 않아 다행이네."

기분이 좋아 술 한잔 마신 날 담배까지 피우고 잠자는 아이에게 얼굴을 비비면 성열이는 질색을 했다.

담배를 끊은 지 10년이 넘었다. 한참 일할 때 스트레스로 담배 맛을 잃었는데, 그후에 작정을 하고 끊어버렸다. 하지만 요즘 들어 술 마실 때 기분이 좋으면 담배를 찾게 된다. 술은 기분이 좋을 때 마시니까. 이러다가 담배를 다시 피우게 되는 건 아닐지 모르겠다.

"아빠, 시계 멋있지?"

옆자리에 앉은 성열이가 뱅크 로봇이 그려진 팔뚝만한 크기의 손목시계를 보여주며 말했다.

"이거 비싼 거야. 비싸다고 안 사주려고 했는데 내가 엄마를 많이 졸랐어."

"얼만데?"

"30% 세일해서 20불."

"뭐 그렇게 비싼 것은 아니네."

"비싼 거지. 난 아직 어리잖아."

"그래, 맞다. 성열이는 아직 어리지."

하지만 아빠는 하나도 비싸다고 느껴지지 않아. 누구나 사랑을 하면 아까운 것이 없어지는 마법에 걸리게 되거든. 나는 속으로 성열이에게 이야기했다.

차창에 입김이 서린다. 비가 온 후에 날이 꽤 추워졌다.

"성열아, 손."

"아빠. 내가 까미냐? 요즘 나를 까미 취급 하네."

작고 부드러운 성열이의 손. 까미의 털도 성열이의 손만큼 부드럽지. 눈동자는 착하고 맑고, 말을 못하는 동물의 슬픔을 간직하고 있지.

"까미 목욕시켰어?"

"응. 나오기 전에."

"또 베란다에 있지?"

"응. 나올 때 베란다로 보냈어."

까미는 스탠더드 슈나우저 수컷이다. 아기 때부터 선배가 키웠는데 사정이 생겨 네 살 때 우리집으로 이사를 왔다. 까미가 우리집에 오기까지는 성열이의 역할이 컸다.

까미는 아주 영리하고 눈치가 빠르다. 그래서 가끔 사람 같다는 생각이 들기도 한다. 성열이는 그런 까미를 동생처럼 아끼고 좋아한다. 까미도 성열이를 형처럼 좋아한다. 그래서 둘은 형제 같다는 생각이 들 정도다. 그런데 요즘 이 녀석 가끔 안 하던 짓을 한다. 집을 비울 때 탁자에 있는 음식에 손을 대는 것이다. 부식을 적게 주어서 그런 걸까? 습관이 길러지면 버릇이 되어 사람이나 동물이나 고치기가 어렵다. 그러니 외출을 할 때는 베란다 신세를 지는 수밖에……. 하지만 성열이는 까미가 베란다에 나가는 것을 싫어했다.

"성열아. 할아버지 할머니 건강은 어떠시니?"

"할머니가 많이 안 좋아. 감기에 걸려서 요양원에 다니지도 못해. 할아버지는 별로 말이 없으시고."

"큰일이네! 신종 인플루엔자가 극성인데……."

"카일 형아는 신종 인플루엔자에 걸렸어. 난 한 달 동안 공부하고 책만 읽다 왔네. 게임은 1시간 땡 하면 끝. 1분도 더 하지 못하고……."

게임도 많이 못하고 카일 형아도 못 만나고 이번 여행은 심심함 그 자체야. 성열이는 푸념하듯 넋두리를 늘어놓았다.

그렇다. 아내는 그렇게 정확한 사람이다. 아이가 원한다고 게임을 30분이고 1시간이고 연장해주는 사람이 아니다. 그건 나에게나 통하는 일이지 엄마에겐 어림없는 일이다. 아내는 고무줄 같은 사람과 살다 지쳐 더 정교한 사람이 되었다. 공이 벽에 부딪혀 튕기면 반발력이 더 강해지고 부드러운 곳에 부딪히면 약해지는 원리와 같다. 그러고 보면 사람과 사람 사이에도 과학이 작용한다. 상대성원리……. 아인슈타인은 과학자 이전에 철학자라는 생각을 했다.

성열이는 다시 일상으로 돌아와 힘든 아침을 맞이하고 학교에 갔다.

"아빠. 오늘 시험 봐서 4교시 수업했어."

"무슨 시험?"

"중간고사."

"잘 봤니?"

"수학은 간신히 시간 안에 풀었고 사회는 모르는 거 좀 있었어."

"국어와 과학은 내가 잘하잖아."

시험이 가까이 있어도 그저 평범한 하루에 불과한 성열이의 일상은 늘 여유롭다.

"성열이 아버님이시죠? 영어 특성화 담당 교사입니다. 성열이가 오늘 수업을 듣지 않았어요. 지난번에도 두 번 빠지고. 오늘도 시험 후에 수업이 있다고 미리 공지를 했거든요."

"몇 시부터 수업입니까? 성열이 다시 보낼게요."

"2시부터 수업이니까 오늘은 그냥 놔두세요."

"네. 알았습니다. 선생님, 전화주셔서 감사합니다."

시간을 보니 아직 2시 전이다.

"성열아. 오는 특성화수업 한대. 얼른 학교에 다시 가. 방송도 하고 담임선생님께도 말씀드렸다는데 왜 그냥 왔니?"

"아빠, 난 모르는 일이야. 방송도 듣지 못했고 선생님도 아무 말씀 없으셨어."

"다음부터는 성열이가 직접 확인하도록 해. 너의 일이잖아."

2시 20분쯤 성열이에게 전화를 했다.

"수업 중이니?"

"아니, 친구에게 전화해서 같이 가는 중이야. 친구도 모르고 있었대."

"알았다. 늦었으니 서둘러 가. 차 조심하고."

"알았어."

2시 40분에 성열이가 다시 전화를 했다.

"아빠, 수업 1시에 시작해서 2시에 끝났대. 친구랑 놀다 들어갈게."

"알았다."

아이가 밖에서 논다고 하면 특별히 위험한 일이 아니면 모두 들어주는 편이다. 아이들은 크면 둥지를 떠나 바깥세상으로 나가는 것이 당연하기 때문이다. 집 밖에서 겪는 일들은 모두 경험이 되어 세상을 버틸 든든한 뿌리가 되는 것이다.

나는 갑자기 혼란스러워졌다. 성열이가 학교에서 돌아온 시간은 1시 40분이었고 선생님의 전화는 1시 50분경이었다. 수업이 1시에 시작하면 출석 체크하고 바로 전화를 주든지, 아니면 수업이 끝나고 주든지 해야 했을 일이다. 수업을 일찍 마치고 전화를 하셨던 것일까?

수업시간은 90분이나 되는데. 성열이가 거짓말을 한 걸까? 특성화 수업에 가지 않고 집에서 하던 게임을 친구를 만나 친구 집에서 계속 해야겠다고 생각을 했으면 지금의 모든 상황이 가능해진다. 결국, 성열이가 전화한 친구는 특성화 수업을 함께 듣는 친구가 아니고 부모가 집에 없는 아이일 수 있다. 의심을 하지 않으려면 생각이 더욱 깊고 정교해져야 한다. 친구의 이름을 모두 기억하고 그들의 일정과 특성에 대해서도 알고 있어야 한다. 부모 노릇도 참 하기 어려운 세상이다.

다음날 성열이는 변함없이 전날과 같은 모습으로 학교에 갔다. 베란다엔 같은 햇살이 있었고 창문을 열면 전날과 같은 바람이 불었다. 커피 잔을 들고 창밖을 바라보았다. 겨울로 가는 산에 단풍이 떨어져내린다. 따뜻한 봄을 준비하는 과정이다.

성열이 엉덩이에도 단풍 들겠네. 2009년 11월 2일

어른은 이길 수 없다니까

"오늘도 성열이는 전화가 안 돼. 애를 좀 어떻게 해줘. 내가 더는 힘들어 못 살겠어."

문자메시지 창이 신호음과 함께 밝게 빛났다. 요즘 들어 아내가 보내는 문자가 부쩍 늘었다. 모두 성열이 때문이다. 갑자기 찬 기운이 느껴지며 날카롭고 건조한 아내의 목소리가 들리는 듯했다. 낮에도 성열이 휴대폰 전원은 꺼져 있었다. 엄마의 불편한 전화를 피하기 위한 것이었으리라. 골이 잔뜩 난 아내는 내게 문자를 보냈고, 성열이와 통화하게 된 시간은 밤 9시 37분이었다.

"어디니?"

"자이 축구장."

"늦게까지 연락 없이 다니니까 엄마가 걱정하시잖아."

"시험 끝나서 친구들이랑 노는 거야."

"엄마는 일방적으로 친구 만나는 거 노는 거 허락하지 않으니까 이럴 수밖에 없어."

"그래도 연락이 안 되니까 걱정이 되어 그런 건데 엄마를 이해해줄 수는 없니?"

"어른이 아이를 이해해줘야지, 아이가 어른을 이해하나?"

"성열아, 오해는 쌍방향으로 생길 수 있는 것이지만, 이해는 방향이 따로 있는 게 아니야."

"너그럽고 이해심이 많은 사람이 먼저 이해하는 거지."

"알았어. 어른은 이길 수 없다니까. 그러니까 내가 조만간 포기할 거야."

"무엇을 포기하겠다는 거야?"

"옳지 않은 건 빨리 정리할수록 좋지만, 의지와 관계없이 무작정 포기하는 것은 옳지 않아. 생각을 잘 정리해서 행동으로 옮겨야 해. 휴대폰 전원은 왜 껐니?"

"축구 하는데 배터리 닳잖아."

"다른 거 하고 축구 했다고 거짓말하는 건 아니지?"

"아니야."

"엄마 화가 많이 났으니 바로 아빠에게 와."

"차비도 없고 옷도 땀에 젖어 갈아입어야 해."

"저녁은 먹었니?"

"라면 먹었는데 배도 고프고."

"그럼 얼른 집에 가서 밥 먹고 시간 되면 출발해. 안 되면 내일 아침 먹고 일찍 출발하고."

"알았어."

그때 다시 문자메시지가 도착했다는 알림음이 울렸다. 당장 데리고 가서 어떻게 좀 하라는 아내의 문자였다.

"저녁도 먹지 않았다던데 옷이나 따뜻하게 입히고 차비 줘서 보내."

중학교 2학년 성열이. 아내는 다 컸다고 생각하는 것 같지만, 내게 성열이는 언제나 어린아이다. 어쩌다가 아내와 소통이 되지 않는 관계가 되고 떨어져 살지만, 성열이를 이해하고 대화하는 데 불편함은 없다. 소중한 것은 쉽게 변하지 않는다. 오랫동안 지속되면 그리 어렵지도 않고 마음이 닿으면 서로 알고 느낄 수 있다.

"아빠, 나 지금 출발해."

"밥은?"

"엄마가 빨리 가래."

"알았다. 조심해서 와."

"아빠가 사릉역까지 마중 나갈게."

"알았어."

성열이가 온다. 여름방학에도 할 일이 많다며 아내는 성열이를 보내지 않았다. 봄과 여름이 더디게 지나고 드디어 세상에서 제일 사랑하는 친구를 만나는 것이다.

"까미야, 뭐해?" 아래층 여인이 부르는 소리.

"왜요?"

"백운가든으로 와. 옆 집 살던 가족이 놀러 왔어. 한잔하게."

"아들이 오기로 해서 오늘은 안 되겠어요. 맛있게 드세요."

몇 가구 살지 않는 작은 마을에 손님이 찾아오면 마을엔 파티가 열린다. 며칠 전부터 느껴지는 감기 몸살 기운이 아직 가시지 않았다. 목이 아프고 몸엔

힘이 없었다. 성열이의 방문으로 술을 안 마시게 되어 다행이었다. 운동복으로 갈아입고 운동화를 신었다. 버스정류장까지 뛰어가서 버스를 타면 성열이보다 먼저 사릉역에 도착할 것이다. 마음이 벌써 설렌다. 무언가를 기다리는 것은 참 기분 좋은 일이다. 버스정류장을 행해 뛰었다. 바람이 차가웠다. 별이 총총 빛나고 달이 밝아 늦은 시간인데도 낮처럼 밝았다. 달은 점점 차는 상현달이다. 며칠 전 눈썹 같았던 초승달을 지나 반달이 되려 하고 있었다. 달님은 참 신기하게도 어렸을 때처럼 별들 사이를 헤치며 끝까지 따라왔다. 곁에 붙어 까미처럼 떨어지지 않았다. 10시 10분 사릉역에 도착했다. 22분에 상봉역에서 춘천 가는 기차가 출발한다. 성열이는 아직 도착하지 않은 모양이다. 다음 출발 시각은 44분이다. 성열이는 20분쯤 7호선 상봉역에서 경춘선 환승을 위해 내렸다. 22분에 출발하는 차는 시간이 촉박하니 44분에 출발하는 차를 탈 것이다. 이곳까지는 15분쯤 걸리니까 성열이가 사릉역에 도착하는 시각은 밤 11시가 된다. 40분 가까이 시간이 남아 있었다. 인적이 드문 늦가을 사릉역의 밤은 쓸쓸하다. 바람도 제법 차갑다. 시간을 보내려고 썰렁한 사릉역 주변을 어슬렁거리며 배회했다. 조금씩 추위가 느껴질 때쯤 개찰구에서 사람이 하나둘씩 나오기 시작했다. 성열이의 모습이 보였다. 어른들 사이에서 초등학생쯤 되는 마른 녀석이 청색 후드 티에 양키즈 모자를 쓰고 양손은 주머니에 쑤셔넣은 채 계단을 오르고 있었다. 반항의 상징인 후드 티와 성열이의 표정 없는 얼굴이 왠지 잘 어울린다는 생각을 했다.

"힘들었지?"

"아니. 그런데 좀 어지럽고 멀미가 나려고 해."

"밥도 안 먹고 축구 하니까 그렇지."

"얼른 가서 밥 먹자."

"차 안 가지고 왔어?"

"응."

"왜?"

"걸으면서 이야기하려고."

"연휴고 시간도 많은데?"

"사실 아빠는 연휴인지도 몰랐어."

"별 구경하면서 달빛 아래 이야기하며 걷는 것도 좋은 추억이 될 거야."

성열이는 어렸을 때도 가끔 멀미를 했다. 조금 먼 곳을 갈 때는 늘 창문을 열고 창밖으로 얼굴을 내밀었다.

"성열아. 축구는 힘든 운동이야. 잘 먹으면서 해야 해."

"알았어."

"아빠, 축구 재미있다. 나는 작아서 공격보다는 수비가 편해. 그래서 수비를 보는데 친구들이 잘한대."

"아빠 닮았으면 뭐든지 잘할 거야. 형도 축구 잘하잖아."

"스카우트 제의도 있었어. 그런데 운동선수는 힘드니까 안 한 거야."

"나도 알아. 형 축구 잘하는 거."

아내는 성열이가 축구를 하다가 집에 늦게 오는 걸 믿지 않았다. 성열이가 나에게 이야기하는 것처럼 아내에게도 이야기했다면 축구를 하다가 늦었다고 변명처럼 이야기하지 않아도 될 텐데.

무너진 신뢰와 멀어진 거리. 아내는 믿으려 하지 않고 성열이는 의지하지 않으려 한다. 팔현리 입구에 버스가 도착했다.

"아빠 춥다. 손 시리다. 입김도 보이는 걸. 뛰어가자."

"오르막이라 힘들 텐데."

"그래도 뛰어보고 싶어."

"갈 수 있을 때까지 뛰어보고 싶다는 생각을 했었어."

"왜 그런 생각을 했니?"

"경험하지 못한 거니까 궁금해서 내가 얼마만큼 뛰어서 갈 수 있는지 궁금해."

"그래? 그럼 뛰어보자. 성열이가 얼마나 가는지……."

성열이는 자기 몸처럼 가볍게 뛰었다. 나는 옆에서 보조를 맞추며 뛰었다. 가로등이 나무에 가려 어둠이 몇 번 지나가더니 오르막이 시작되었다. 시동이 멈추려고 하는 자동차처럼 머뭇거리더니 이내 성열이의 속도가 줄었다. 생각보다 오래 뛰지 못하고 성열이는 속도를 늦추고 걷기 시작했다.

"힘들다. 계속 뛴다는 것은 쉬운 일이 아니네."

"하지만 추위는 가셨잖아."

"그러네."

"노력한 만큼 대가를 받는 거야."

"잔소리 시작하는 거야?"

한참 예민한 시기를 지나는 성열이 마음에 들지 않는 것이 많아졌다.

"성열아, 달이 밝지?"

"저 달은 기우는 달일까, 차는 달일까?"

"상현달이니까 차는 달이지."

"그래 성열이처럼 동그랗게 크는 달이다."

"아빠, 그런데 이곳은 왜 이렇게 별이 많아? 정말 신기해."

"서울에서는 저기 있는 반짝이는 별만 보이고 나머지는 잘 안 보여."

"아빠. 오늘 별 구경하자."

공기가 나쁘고 인공의 빛이 밝으면 잔별은 보이지 않아. 밝은 빛에 가리고 나쁜 공기 속에 숨기 때문에 아주 밝은 별만 보이지. 이곳처럼 공기가 맑고 인공의 빛이 없는 곳에선 밝은 별도 보고 잔별도 볼 수 있는 거란다. 크고 밝은 별이 아무리 뽐을 내도 간섭 받지 않는 곳에서 잔별도 빛날 수 있는 거야. 하지만 밝은 별이 잔별보다 무조건 큰 건 아니야, 우리와의 거리 때문에 그렇게 보일 뿐이지. 그러니까 크고 작고 밝고 어둡고의 차이는 눈에 보이는 현상일 뿐 모두 함께 빛나고 아름다운 거야.

저수지 수면에선 물안개가 피고 있었다.

"아빠, 신기하다. 어떻게 늦은 밤에 물안개가 피지?"

"저녁엔 기온이 내려가니까 수면이 차가워지면서 일어나는 현상이야. 아침 물안개는 반대로 수면이 공기보다 따뜻해서 일어나는 현상이고. 그러니까 차가워도 따뜻해도 공기와 온도 차가 많이 나면 물안개가 피는 거야. 살살 부딪히면 소리가 나지 않는데 세게 부딪히면 소리가 나잖아. 물리적인 힘이 과하게 작용하면 새로운 현상이 나타나는 거야. 우리의 마음도 같아. 성열이의 마음과 엄마의 마음이 세게 부딪히니까 불편하고 힘들고 서로 마음이 아프잖아. 아빠랑은 엄마와 좀 다르잖아. 그러니까 편안한 거고. 성열이의 정체는 하나인데 엄마의 성열이와 아빠의 성열이가 다르게 차이 나게 존재하는 거야. 모두에게 같을 수는 없지만, 차이가 많이 나는 건 바람직하지 않아."

"아빠의 잔소리가 또 시작되었군."

"알았다. 그만하자."

어느새 작업실 가까이 왔다. 가을로 가는 숲이 노란 달빛을 입고 아직은 파랗게 빛나고 있었다. 우리는 고요의 문을 열고 별이 노래하는 동화의 나라를 손을 잡고 다정하게 걸었다.

"아빠. 별 구경 더 하고 가자."

"저기 십자가 위에 반짝이는 별이 데네브야. 그리고 그 옆에 카시오페이아, 그 아래 북극성, 작은곰자리. 베가도 보이네."

"신기하다. 이런 경험 처음이야. 북극성은 정말 그리 밝지 않네."

"그래도 북극성이 왜 중요한지 알지?"

"응. 언제 어디서나 같은 자리에서 빛나기 때문이지. 길을 찾는 모든 이의 길잡이가 되어주니까."

"그래. 엄마 아빠도 북극성처럼 너의 길잡이가 되어야 하는데."

"그래도 아빠는 북극성이야. 그리 밝게 빛나지는 않지만 변함없이 늘 같은 자리에 있잖아."

"아빠는 딱 북극성이야. 그런데 그래도 더 밝게 빛나면 좋겠어."

"알았다. 더 밝게 비추어줄게."

성열아. 길을 잃고 어디로 가야 할지 모를 때 아빠를 생각해. 아빠는 언제나 너의 마음속에 있으니까. 언제나 같은 곳에서 변함없이 너를 위해 밝게 빛나고 있을 테니까……

늘 어둠 속에 빨려드는 고독. 그 율연함을 견디게 하는 힘. 2011년 10월 1일

작은 고추가 맵다

"성열아. 저녁엔 청국장 먹자."

"나가기 귀찮은데 적당히 먹으면 안 될까?"

"너 말하는 품새가 꼭 나이 든 아저씨 같아. 어린 게 무슨 적당히 귀찮아 그런 어휘를 사용하니? 말은 생각의 표현이고 생각은 태도를 반영하니까 지금 너의 상태는 정상이 아니다. 이런 말 들어봤지? 애 늙은이……."

"알았다. 먹는다. 먹으러 가자. 먹으면 되지, 아빠는 무슨 말이 그렇게 많아?"

"틀린 말은 아닌 것 같은데 뭐 잘못됐니?"

"틀린 말은 아닌데 말이 많으면 잔소리로 들리거든."

"그래? 아빠가 말을 많이 아는 편은 아닌데, 어쨌든 필요한 말이지 잔소리는 아니잖아. 아빠가 왜 이런 말을 할까 하고 조금만 깊이 생각해보면 성열이의 태도가 달라질 수 있을 거야. 말은 잘하는 것도 중요하지만 잘 듣는 게 더

중요해."

오랜만에 만난 성열이는 대화에서 건성으로 듣는 듯한 태도와 신경질적인 모습을 보였다. 엄마랑 지내면서 전과 다르게 태도가 변했다. 그래서 아내는 방학 동안 교육 좀 시키라고 아이를 보냈나 보다. 함께 있는 동안 잘못된 태도만은 바꿔놓겠다고 생각했다. 겨울방학 동안 작업실은 성열이의 힐링캠프가 될 것이다. 그리고 성열이가 하는 이야기를 귀 기울여 들을 것이다.

귀찮지만 청국장을 먹으러 가는 이유. 첫째, 아빠는 엄마만큼 다양한 음식을 준비하지 못하니까. 둘째, 성장기의 어린이는 몸이 필요로 하는 영양분을 섭취해야 하니까. 더 많은 이유가 있지만, 성열이가 잔소리로 들을 것 같으니 그만하고, 간단하게 정리하면 모두 성열이를 위하기 때문이란 거지.

"Do you understand?"

"알았다. 먹으러 가자."

엄마의 잔소리는 짜증나고 아빠의 잔소리는 귀찮아. 하지만 혼자 지내는 아빠 말 들어줘야지. 인심 써주는 성열이.

밖으로 나왔다. 눈이 녹지 않은 길은 미끄러웠다. 성열이 손을 꼭 잡았다. 아직도 아기처럼 작고 부드러운 손. 주머니에 쏙 들어온다. 음식점에 들어서자 가끔 나타나서 둘이 식사하는 모습이 음식점 주인에겐 왠지 낯선 모양이다. 예전에도 그랬다. 성열이가 아주 어렸을 때, 발음이 정확하지 않을 정도로 어렸을 때, 카페를 깡패라고 할 때. "아빠, 깡패 가자, 깡패에 가자" 할 때. 그때 그 깡패의 주인 아가씨도 그랬었다. 이것저것 궁금한 것이 잔뜩 들어 있는 표정이었다. 청국장을 하나만 시키고 공깃밥을 추가했다. 그랬는데 오늘도 청국장을 모두 비우지 못했다. 반찬도 남았다. 시골 인심이 후하긴 해도 음식이 남은 것은 성열이가 적게 먹기 때문이었다. 그럼에도 한끼 배부르게 먹은

것은 밀린 숙제 하나를 마친 것 같았다.

"아빠. 멀리 돌아가기 귀찮은데 우리 계곡으로 올라가자."

"너 또 시작이니? 그 귀차니즘? 빨리 가는 건 좋은데 눈이 많아서 미끄러워 위험해. 왔던 길로 가도록 하자."

"추워. 빨리 가고 싶단 말이야. 그럼 업어줘."

"그래 업자. 성열이 업고 가자."

어려서부터 업히는 걸 좋아하더니 아직도 업히고 싶은 모양이다. 등이 따뜻해졌다. 길이 미끄러워 조심조심 걸었다. 언제까지 아이를 업고 걸을 수 있을까? 성열이는 어느새 다리가 굵어지고 몸무게가 제법 늘었다.

"성열아, 너 예전 같지 않다. 많이 큰 것 같아. 집에 가서 키 좀 재보자. 전에 업었을 때와 느낌이 많이 다르거든."

"그래? 많이 컸으면 좋겠다."

2010. 12. 12. 오전 140.1cm. 한 달 전에 성열이가 왔을 때 표시한 곳에서 다시 키를 재어보았다. 2011. 01. 12. 오전 145.1cm. 몸무게 36kg. 한 달 사이에 5cm가 컸다. 믿어지지 않을 만큼 쑥 자랐다.

아내는 아이들에 대한 걱정뿐이었다. 누나들하고 어울려 다니는 게 마음이 쓰여. 머리를 길렀던 것에 영향을 받은 거 같아. 성장속도가 더딘 것도 그렇고……. 방학 동안 성장클리닉에 다니려고 해. 성열이 성장에 대한 걱정 리스트……. 그러고 보니 이 여인에게 남자 셋이 뭐 하나 기쁘게 해준 것이 없는 것 같다. 전교생 대상으로 작은 키 1%에 드니 성열이는 정말 작은 거다. 엄마는 아이의 사소한 것 하나에도 마음을 놓을 수 없었다. 그러니 아이의 성장이 더딘 것도 스트레스였다.

"성열아. 너도 작은 키 때문에 스트레스 받니?"

"스트레스까지는 아니어도 신경은 쓰이지. 너무 작잖아."

"그랬구나. 하지만 키가 작은 게 잘못된 건 아니니까 생각을 바꾸도록 해. 그리고 한 달 사이에 5cm 컸잖아. 이대로 1년 동안 계속 컸으면 좋겠다. 그러면 60cm가 더 크니까 1년 후엔 성열이 키가 2m가 되네."

"와우~ 이건 너무 크다. 185cm 정도만 되었으면 좋겠다."

"정말 그렇게 되었으면 좋겠다. 잘 먹어야 해. 스트레스 받지 말고. 스트레스는 잘못되는 모든 것의 원인이란다."

벌써 제열이가 보고 싶다. 입대한 지 어느새 한 달이 지났다.

"아빠, 저 제열이예요. 오늘 5주 훈련 마쳤어요. 오늘 처음으로 전화하게 해서 전화했어요. 엄마에게는 먼저 했어요. 성열이 방학 동안 아빠랑 함께 있다면서요? 모두 잘 있지요?"

늦은 시간, 모르는 번호에서 콜렉트 콜이 울렸다. 목소리를 듣는 동안 가슴이 뛰었다. 지구 반대편에 있는 아이의 목소리를 듣는 것 같았다.

"몸은 건강하니?"

"네."

"힘들진 않니?"

"괜찮아요. 한 번은 겪어야 할 일이니까 견딜 수 있어요."

견고하고 다부진 목소리였다.

"걱정하지 마세요. GOP에 올라가면 8개월 동안 나올 수 없어요. 휴가도 면회도 안 돼요. 차라리 잘되었어요. 사격 훈련에서 한 발만 빗나가지 않으면 4박 5일 포상휴가 가는 거였는데 그건 조금 아쉬웠어요."

"그랬구나. 하지만 밖에 나오면 들어가기 싫어질 거야. 더구나 신참 땐 더 그런 마음이 들지. 그러니까 차라리 잘된 것으로 생각해."

"그렇게 생각하니 아쉬운 마음이 가시네요. 아빠, 뒤에 기다리는 사람이 있어서 이만 끊어야겠어요. 저 걱정하지 말고 잘 지내세요. 이곳은 실탄과 수류탄 들고 근무하기 때문에 군기가 세서 사고 거의 안 난대요."

"그래 제열아, 너도 몸 건강하게 잘 지내. 사랑한다!"

해병대를 가려고 했었다. 군대생활, 힘들어야 빨리 지나간다고……. 하지만 제열이도 성열이만큼 크지 않은 체격이어서 갈 수 없었다. 지원입대를 하고 신체검사에서 2급을 받았지만, 최전방 지원을 했다. 제열이는 2010년 12월 7일 신병훈련소에 입소했다. 어느새 훈련이 끝나고 GOP 근무를 하게 되었다. 전군에서 불과 2%만 선별하여 근무하는 철책선. 해병대가 아니라면 그곳을 가야 한다고 했던 곳이었다. 아이가 컸다. 어른이 되어가고 있었다.

제열이와 통화한 후 갑자기 세상이 달라진 것 같았다. 타임머신을 타고 다른 시공간에 와 있는 느낌이었다. 꿈을 꾸는 것 같았다. 마음이 따뜻해지고 세상이 동그랗게 보였다. 밤하늘엔 별들이 빛나고, 마음은 보름달처럼 환하고 포근하고 따뜻했다. 몸도 가벼워진 것 같았다.

아이들은 그랬다. 하늘을 닮았다. 어둠이 지나면 아침이 오듯이, 그 어둠 속에서도 밝게 빛나는 별과 달 같았다. 2011년 1월 15일

2차는 당구장

성열이가 고1 때부터 또다시 담배를 피우기 시작했어. 여자친구 애가 보낸 편지를 보았는데 너무 많이 피운다고 끊으라고 해서 알게 됐어.

첨엔 아니라고 했는데 결국 시인했어. 절대로 안 피우겠다고 해놓곤 계속 피우는 거 같아. 난 안 본다고 했고, 아빠 있는 데로 전학시키고 싶어. 내 힘으론 안 되는 것 같고, 정말 실망이야.

달이 차오른다. 며칠 후면 추석이다.

아이들을 본다는 생각에 하루하루가 길게 느껴졌다. 그러던 중에 아내의 문자가 도착했다. 생각지 못한 내용을 담은 문자였다.

나는 잠시 생각이 멈췄다. 뭐라고 답을 해야 할까? 어떤 답이 아내에게 위로가 될까? 창밖을 한참 동안 바라보았다.

스스로 잘 크는 아이도 있고 우여곡절을 겪으며 크는 아이도 있어. 그런 아이 혼자 키우는 것 참 어려운 일일 거야. 아이들이 건강한 것은 참 다행인데 엄마 마음을 편하게 해주지 않는군.

명절이나 돼야 만나는 것도……. 내일 마주보고 이야기할 것들이 고민된다. 어떤 이야기를 해야 할까…….

추석 전날 오전에 인수봉을 등반하고 서둘러 내려와 아이들을 만났다.

전철역에 내리는데 왠지 우주정거장을 걷는 기분이 이런 것일까 싶었다. 나는 우주를 여행 중이고 다른 별에서 온 아이들과 조우하는 느낌이었다.

하지만 아이들을 보는 순간 모든 고민과 걱정이 사라져버렸다. 건강한 모습으로 함께 만나는 것만으로도 기쁘고 즐겁고 행복한 거니까.

우리는 서로 손을 잡고 더 즐거운 시간을 보내기 위해 머리를 맞대고 작전을 짰다.

아빠가 생맥주를 좋아하니까, 일단 맥주 한잔 마시고 성열이는 아직 어리니까 성열이가 먹고 싶은 곳에서 맥주 마시기. 그리고 다음 코스는 노래방? 2차도 성열이 마음대로 하자. 그러자 바로

"아빠, 노래방 말고 당구장 가자."

"당구 치자고?"

요즘은 고등학생 되면 당구를 치는구나. 그러니까 담배는 당연히 필수지. 어른들이 걱정하는 몇 가지는 아이들 성장과정의 통과의례 같은 거다. 엄마는 여자라서 남자의 세계를 잘 모르니까 걱정도 많은 거야. 하지만 근거가 없는 건 아니야. 잘되는 것도 잘못되는 것도 시작이 결과를 낳으니까. 물론 과정도 중요하지만……. 모든 것에는 시작과 끝이 있다. 시작은 새로운 도전이며 그 과정에서 다른 세계를 경험하기도 하고 만들 수도 있다.

"시작한다는 것은 정말 중요한 거야." 과해서 넘치지 않아야 해. 좋아서 빠지면 선수가 되는지……. 나쁜 것은 가려낼 줄 알아야 하고……. 실수도 괜찮

아, 아직 어리니까. 어른의 실수는 치명적이지만 아이들의 실수는 약이 될 수 있어. 좋은 경험인 거지.

어느새 성열이가 함께 당구를 치는 나이가 되다니……. 행복하다. 지금 이 순간 행복하면 행복한 거다. 하루는 작은 삶이다. 하루하루가 쌓여 인생이 된다. 우리는 이 순간을 더 발전시키고 지속 가능한 상태로 만들어나가야 한다.

2013년 9월 28일

제열이와 성열이

형아만 바라보는 성열이
형아가 시키는 대로 해야만 하는 성열이
그래서 형아를 이겨보고 싶은 성열이
하지만 형아가 학교에서 오기만을 기다리는 성열이
형아가 없으면 너무나 심심한 성열이
빨리 어른이 되고 싶다는 성열이.

2006년 3월 17일

내가 제일 좋아하는 선생님

산책하러 나가는 길에 제열이를 만났다.

"아빠 어디가?"

"산책."

"같이 갈래?"

"아니."

"그런데 왜 불렀니?"

"그냥."

"올 때 초콜릿 좀 사와."

"알았어."

녀석 싱겁기는……. 제열이는 착하다. 순진하다.

"어제 지각해서 선생님께 혼나지 않았니?"

"아니."

"선생님께서 걱정이 되셨는지 전화하셨더라."

"정말?"

"그럼, 선생님 참 좋으신 분 같더라."

"우리 선생님, 좋아. 정말 좋아."

"내가 이승연 선생님 다음으로 좋아해"

"선생님 좋아하는 데도 순서가 있니?"

"그럼 있지. 이승연 선생님은 내가 처음으로 좋아했던 선생님이니까."

"그래. 의리 있어 보여 좋다."

중학교 2학년 겨울방학 때 외가에 놀러갔다가 제열이는 감기 바이러스로 병원에 입원한 적이 있다. 거실에서 TV를 보다가 잠이 들었는데 그만 감기가 찾아온 것이다. 다음날 아침 병원에 다녀왔는데 이상하게 몸 상태가 점점 나빠지는 것 같았다. 계속 춥다고 해서 두꺼운 이불을 덮어주고 방 온도를 높여 주었는데 끙끙 앓더니 급기야 헛소리를 하고 몸이 꼬이기 시작했다. 약이 부작용을 일으킨 걸까? 겁이 덜컥 났다. 갑자기 하늘이 내려앉은 것만 같았다. 순간 어떻게 해야 할지 몰라 눈앞이 깜깜했다. 병원에 가야겠다는 생각 말고는 아무 생각이 나지 않았다. 나는 부들부들 떨리는 몸으로 아이를 업어 차에 태우고 정신없이 응급실로 달려갔다.

차 안에서 제열이는 뒤틀린 몸이 낫게 해달라며 꼬인 손을 모아 간절히 기도를 했다. 그 모습이 애처로워 정말 볼 수가 없었다. 나는 한 손은 핸들을 잡고 한 손은 제열이의 손을 잡았다. 괜찮아질 거야. 괜찮아질 거야. 나 역시 간절한 마음으로 기도를 했다.

"열이 내려가면 괜찮아질 겁니다." 의사의 진단에 한시름 놓았지만 이렇게 크게 놀란 적은 없었던 것 같다. 입원을 시키고 몇 가지 검사를 했는데 의사의 소견은 백혈병 증상이 나타났다는 것이다. 또 한 번 하늘이 무너져내렸다. 검사를 계속 하겠지만 수치가 내려가지 않으면 서울의 큰 병원으로 옮기라는 것이었다.

일주일이 되도록 수치의 변화는 일어나지 않았다. 아이는 정상인과 다름이 없는데 백혈병이라니, 이 상황을 어떻게 받아들여야 하나. 이렇게 난감하기는 처음이었다.

새벽에 병실에서 나와 피시방을 찾았다. 감기 바이러스로 백혈병에 걸리는 것은 아닐 텐데 왜 이런 일이 일어났을까? 인터넷을 검색하는데 전화벨이 울렸다. 척수검사를 해야 하니 빨리 와서 사인을 하라고 했다. 이건 또 뭐냐. 왜 척수를 빼야 한단 말인가. 어떻게 해야 할지 또 판단이 서질 않았다. 처음 겪는 일이 하루 사이에 줄줄이 계속되었다. 피시방을 나와 병원으로 가는 길이 아득히 멀게만 느껴졌다.

경과를 더 본 후에 검사를 하자고 했더니 의사는 반은 협박이다. 그렇게 해서 일어나는 책임은 모두 보호자의 몫이란다. 나는 아침까지 시간을 달라고 했다. 멀쩡해 보이는 아이의 등에 대못만한 주사기를 꽂을 수가 없었다. 마음은 끊임없이 검사를 거부해야 한다고 하는데 그것을 확신할 자료가 내겐 아무것도 없었다. 사고가 나지 않기만을 간절히 바라며 할 수 없이 사인을 했다. 그리고 다음날 어린아이의 등에 바늘을 꽂았다. 한 번에 끝내지 못하고 두 번, 세 번. 정말 볼 수 없는 광경이었다. 아프지 말아야지, 누군가가 아프다는 것은 결코 혼자만의 아픔이 아니다.

열이 내려가자 제열이의 몸은 정상으로 돌아왔다. 겉보기엔 외상이 없어서 정상인과 다름이 없었다. 하지만 척수를 뽑고 난 후 제열이는 다시 긴장하는 모습이었다. 몸은 정상처럼 느껴졌지만 아직 원인이 밝혀지지 않은 환자였기 때문이다. 그후로 가끔 아이의 모습이 병실에서 사라지곤 했다. 처음엔 화장실에 갔겠거니 했는데 그게 아니었다. 공중전화에서 누군가에게 전화를 걸고 있었던 것이다. 입원한 사실을 알면 걱정을 하니까 사람들에게 알리지 말자고 했는데……. 하지만 제열이는 '나의 아픔을 알리지 마라!'가 아니라 나의 아픔을 꼭 알려야 하는 사람이 있었던 거다.

중학교 1학년 때 담임을 하셨던, 제열이가 제일 좋아하는 선생님이었다. 하루도 빠뜨리지 않고 제열이는 선생님과 통화를 했다. 나는 제열이를 위해 공중전화 카드를 새로 사주었다. 선생님은 제열이에게 큰 위안이셨던 것 같다. 격의 없이 편안하게 선생님과 통화하는 아이가 기특해 보였다.

중학교에 입학한 후 담임선생님을 정말 잘못 만났다고 투덜대던 녀석이었는데 어떻게 선생님을 좋아하게 됐는지 모르겠다. 선생님은 자기만 못 살게 하고 미워한다며 투덜대던 제열이의 모습을 나는 기억하고 있다. 하지만 그것이 자기를 위한 특별한 관심이었다는 것을 제열이도 뒤늦게 알아차린 모양이다.

물이 맑으면 세상이 맑다. 그 맑음이 제열이에게도 영향을 준 것이다. 세상엔 맑은 물 같은 선생님이 계신다. 그리고 아이들이 있으니 희망이 있다.

중학교를 졸업하는 날, 선생님께 인사를 했다.

"선생님 덕분에 제열이가 철이 좀 든 것 같아요" 했더니 "아직 멀었어요" 하시며 제열이를 꼭 안아주었다. 나는 제열이가 선생님을 좋아하는 이유를 알 수 있을 것 같았다.

마지막 검사 전날까지 담당의사는 변화의 조짐이 없다며 병원을 옮길 것을 종용했다. 모든 것이 제자리로 돌아온 것 같은데……. 하지만 제열이는 몸이 예전과 같지 않다고 했다. 마지막 검사를 앞두고 기도를 했다. 받아들일 수 있는 결과가 나오게 해달라며 간절한 마음으로……

다음날, 감기 바이러스로 인한 일시적 증상이었다고 검사결과가 나왔다. 크게 한숨을 돌렸다. 그래도 혹시 모르니 6개월 후에 검사를 다시 받으라는 것이었다.

다음날 퇴원을 했다. 다시 생각하고 싶지 않은 경험이었다. 10여 일의 시간이 어떻게 지나갔는지 모르겠다. 병원을 나서는데 마음이 그렇게 가벼울 수 없었다. 그리고 모든 것이 새롭게 느껴졌다. 고마웠다. 무조건 고맙다는 생각이 들었다.

집으로 돌아가며 생각했다. 제열이가 무사히 퇴원할 수 있었던 이유는 무엇이었을까? 그것은 제열이의 간절한 기도와 좋아하는 선생님이 있었기 때문이라고 생각했다. 그리고 병원 한켠에 있는 공중전화 덕분이었다. 나는 지금도 그렇게 믿고 있다. 2007년 4월 1일

아빠 언제 와?

"아빠, 성열인데 운동 더 해야 해?"

"아니, 방금 끝났어."

"그럼 언제쯤 집에 올 수 있어?"

"30분 정도……. 그런데 왜?"

"내일 학교에서 리코더를 불어야 하는데 난 아직 한 번도 리코더를 불어보지 못했거든. 아빠, 리코더 불 줄 알아?"

"그래. 아빠가 가서 알려줄게."

"알았어. 아빠 올 때까지 책 읽고 있을게."

"그래."

집에 도착해서 샤워하기 전에 리코더의 음자리를 알려주었다.

"왼손을 위로 하고 엄지로 아래 구멍을 막고 나머지 손가락으로 위에 있는 구멍을 차례로 막으면 돼. 오른손까지 해서 구멍을 모두 막으면 '도', 오른손

새끼손가락을 떼면 '레', 그다음 약지를 떼면 '미', 중지를 떼면 '파'……."

"쉬운데."

"그래, 아주 쉽지? 구멍을 잘 막고 숨을 적당히 불어넣어야 삑 하는 소리가 안 나. 그럼 연습해봐."

샤워를 하는 동안 삑삑거리는 리코더 소리가 계속 들렸다. 성열이는 리코더 불기가 재미있었던 모양이다. 두 시간 넘게 쉬지 않고 연습을 하더니 동요 한 곡을 외우고 악보 없이 연주했다. 연신 삑삑거리는 소리에 얼마 하지 못하고 그만둘 것으로 생각했는데 제법 끈기가 있었다.

"처음 하는 것치고는 제법인데……."

기특하다는 생각에 한마디해주었는데 대답은 뜻밖이었다.

"하지만 아직 완벽하지 못해."

성열이는 살짝 미소 지으며 그렇게 이야기했다.

오랫동안 연습한 이유를 알 것 같았다. 그러고 보니 초등학교 때 제열이 생각이 났다. 제열이는 엉덩이가 참 가벼운 아이였다. 어쩌다가 책을 손에 쥐게 되면 5분을 넘기지 못하고 고개를 끄덕거렸다. 책상 앞에 앉아도 역시 그랬다. 노는 것 말고는 매사에 집중력과 끈기가 부족했다. 공부와는 거리가 멀어도 참 멀었다. 하지만 모형비행기를 만들 때는 달랐다. 비행기가 완성될 때까지 의자에서 엉덩이를 떼지 않았다. 섬세한 손놀림, 집중력, 끈기. 모든 것이 평소와 많이 달랐다.

4학년 때부터 중학교를 졸업할 때까지 제열이는 모형비행기에 대해서만큼은 일관된 모습을 보여주었다. 손을 사용하는 일에는 다른 아이들보다 특별한 재능을 지니고 있었다.

성열이는 제열이에게 부족했던 부분이 어렸을 때부터 채워져 있었다. 해야 할 것에 요령을 부리지 않았다. 그렇게 하는 것이 자신과의 약속을 지키는 것이라고 알고 있었다.

제열이는 성열이 나이 때 약속이란 개념조차도 알지 못했다. 그런 성열이가 한편으로는 걱정이다. 지나친 책임감과 기대치 높은 만족을 느끼려고 혹시 스트레스를 받고 있는 것은 아닌지…….

아기였을 때의 성열이를 생각해보았다. 잠에서 깨면 돌봐주는 사람이 있건 없건 작은 방울 같은 입술과 혀로 장난을 하며 울지 않고 혼자 놀았다. 그 사실을 몰랐을 때는 잠을 참 오래 자는 줄로만 알고 있었다. 아이가 울었던 기억이 없다. 어린 성열이는 언제나 고요한 아침 같은 아이였다. 성열이는 세 살이 넘도록 말이 없었다. 나는 은근히 걱정이 되었다. 시간이 흐를수록 걱정은 더 깊어갔다. 네 살이 되어서야 조금씩 말문을 열었다. 구강기가 지난 후에는 손장난을 하며 혼자 놀 줄 알았고, 앉을 수 있었을 때는 책을 보거나 장난감을 가지고 놀았다. 걸음을 걷기 시작하자 책을 손에서 놓지 않았다. 어느 곳을 가든지 책을 옆구리에 끼고 다녔다. 심지어 볼일을 볼 때도 책에서 눈을 떼지 않았다. 조용하고 온화한 성격의 성열이는 활달하고 외향적인 성격의 제열이와 많이 달랐다. 하지만 아우는 형을 닮는 모양이다. 형제는 용감했다는 말처럼 성열이는 크면서 형의 외향적이며 활달한 성격을 하나둘 닮아갔다. 그러면서 어느새 훌쩍 커버린 아이들…….

교실에 앉아 수업을 듣는 제열이의 모습을 바라보았다. 아이는 이제 부모가 생각하는 어린아이와 다른 모습이었다. 옆자리에 앉은 친구들을 보면 더 그렇다. 성장이 빠른 요즘 아이들, 교복을 입지 않았다면 대학 강의실로 착각할 것 같았다. 아이들의 밝은 표정, 맑은 웃음소리, 선생님을 바라보는 초롱초롱한 눈망울……. 교실의 풍경은 아름다웠다.

교실 밖의 세상도 이처럼 아름다울 수 있다면 얼마나 좋을까? 잘못된 문화, 일관성 없는 정책과 제도에 아이들의 위대한 가치가 유린당하고 있는 건 아닌지.

천방지축이었던 제열이가 요즘 책상 앞에 앉아 있는 모습을 보면 두 녀석에 대한 생각이 깊어진다. 아이들은 물처럼 뒤돌아보지 않고 끊임없이 앞으로 흐른다. 파도처럼 밀려왔다가 사라지지만 다시 제자리로 돌아올 줄도 안다.

물이 맑아야 세상이 맑아진다. 아이들이 맑아야 세상이 아름다워진다. 놀 때 놀아야 하는데 요즘 아이들은 놀아야 할 시간이 너무 부족하다. 놀 때 신나게 논 제열이와 할 것 미루지 않고 열심히 하는 성열이……. 두 아이의 미래가 사뭇 궁금해진다.

"아빠. 나 어쩌면 영어 특성화반에 들어갈 수 있을 것 같아. 오늘 테스트를 받았는데 원어민 선생님께서 excellent 하다고 하셨어."

"그래? 잘되었으면 좋겠다."

3학년 때 성열이가 다니는 학교는 영어 특성화학교로 지정되었다. 성열이는 특성화반에 들어가고 싶어했지만 자격이 4학년생부터 주어졌다. 그때부터 성열이는 4학년이 되면 꼭 들어가겠다는 다짐을 했던 것 같다. 성열이의 일기장에는 이날 있었던 이야기가 적혀 있다.

1시 30분, 드디어 테스트를 받을 시간이다. 나는 영어 특성화반에 들어가기 위해 테스트를 받으러 어학실로 갔다. 그때, "아!~ 이제 드디어 기다리고 기다리던 시간이 오는구나!"라고 생각을 하니 긴장이 되었다. 어학실 앞에 가보니 친한 친구들이 잔뜩 와 있었다. 그래서 힘이 솟았다. 하지만 이렇게 많은 아이 중에서 20명만 뽑힐 수 있다. 그 생각을 하니 다시 긴장이 되었다.

1차 필기시험……. Oh my God!! 내가 모르는 문제가 4개나 있었다. 그중에 한 문제는 답안지를 내고 나서 생각이 났다. 이것이다. 냉장고-refrigerrater??? - refrigerator. ㅜㅜㅜ 필기시험을 끝내고 인터뷰를 할 시간이다. 난 어려울 것으로 생각했다. 하지만 생각보다 쉬웠다. 내가 한 talking을 다 써보겠다. 원어민 선생님의 질문은 우리말로 번역해서 쓰고, 그에 대한 답은 영어로 쓸 것이다.

당신의 가족은 어떻게 됩니까?
My family is my mam, my dad, my brother, and me. My mam and dad is teacher, me and my brother is student.

당신이 가장 좋아하는 동물은 무엇입니까?
My favorite animal is dog. Because the dog is very cute.

당신은 무엇을 좋아합니까?
I like play computer game.

왜요?
Because the computer game is very interesting.

이렇게 대답을 했다. 참 재미있었다. 난 이날이 평생 잊히지 않을 것 같다.

2007년 4월 4일

우애

성열이는 형을 참 좋아한다. 꽤 오래전부터 이런저런 핑계를 달고 둘은 잠을 같이 잔다.

"성열아! 선풍기."

마치 군대에서 졸병에게 명령하듯 형이 한마디하면, 성열이는 키만큼 큰 선풍기를 껴안으며 "아빠 선풍기 가져가도 돼?" 하고 묻는다. 아쉽지만 항상 "그래" 하고 대답했었다.

어느덧 추분이 지난 요즈음은 이불 없이 잠을 청하기엔 만만치 않은 날씨다. 하지만 아이들은 아직도 선풍기가 필요한 모양이다.

녀석들의 밤은 참 길고 길다. 둘이서 할 이야기, 할 놀이가 그리도 많은지 밤늦도록 소곤거리는 소리에 시계도 멈추었다 가는 것 같다. 그래서일까? 언제부터인지 아이들이 잘 자고 있는지 잠자리가 궁금해졌다. 선풍기가 계속 돌아가는지도 그렇고, 녀석들이 잘 자고 있는지도 궁금했다.

성열이가 형과 함께 자는 또 다른 이유는 자기 방이 좀 떨어져 있기 때문에 자다가 깨면 무섭다는 거였다. 제열이의 발에 눌려 엉켜 자는 모습을 보면 "녀석들, 편하게 따로 자지" 하며 혼잣말을 해보지만 성열이에겐 형만큼 든든하고 재미있는 친구는 없는 듯하다. 내가 마음 쓰는 불편함 역시 아이들과는 아무 상관이 없는 것 같다. 곤히 자고 있는 아이들의 모습을 보고 있노라면 이런저런 생각이 몰려오고, 마음도 편안해진다. 생각 없이 오로지 일만 하던 그 시절에도 아이들은 이 시간에 잠자고 있었는데……. 그때는 아무것도 몰랐던 것 같다.

아이들은 참 빨리도 자란다. 성열이의 기저귀 가방이 어느새 이야기 보따리로 바뀌었으니, 오늘 자고 나면 아이들은 한 뼘쯤 더 커 있겠지? 결국 시간이 흐른다는 것은 아이들에게는 성장의 의미이고 어른에게는 돌아갈 시간에 가까이 가는 것이다. 아이들과 여행을 많이 다녀야겠다는 생각을 다시 한다. 함께 세상의 구석구석을 돌아다니며 보여주고 느끼게 해주고 싶다. 많이 보고 생각하고 느낀다면 나의 소중함과 상대와의 관계, '개체'와 '전체'를 생각하는 삶을 살겠지?

어떤 것이 사랑이고 행복일지는 서로 제각각이고 다른 가치를 두겠지만, 이 아이들에게 닮고 싶은 것이 있다.

순수함과 열정을, 미소를, 그리고 사랑과 우정을……. 2005년 늦여름

겨우 든 잠

"형아가 없어서 겨우 잠이 들었어."

"성열이 잠잘 때 아빠가 두 번 다녀갔는데……."

"알아, 잠결에 느낄 수 있었어."

"깊은 잠을 못 잤구나?"

"응. 형아가 없어서 그런 것 같아."

"이제 일어나야지?"

"더 잘래. 잠이 깨지 않아. 아빠. 형아는 언제쯤 와?"

"아마 저녁이나 돼야겠지?"

"더 잘게……."

"그래, 오늘은 일요일이니까."

토요일 아침, 제열이는 중학교 때 잠시 공부를 도와준 형을 만나러 춘천에 갔다. 방학 내내 형아랑 함께 놀던 성열이는 갑작스런 형아의 부재에 적응이 되지 않는 모양이다. 온종일 형아의 귀가시간을 묻더니 결국 혼자 자야 했던 밤이 어설프고 허전했던 모양이다. 그런 동생의 마음을 아는지 모르는지 집을 떠난 제열이는 전화 한 통 없었다. 저녁 식사를 할 때쯤 전화벨이 울렸다.

"아빠. 나 저녁 먹고 갈게."

"어디니?"

"친구네. 친구 어머니가 저녁 먹고 가래."

"춘천은 잘 다녀왔니?"

"응."

"성열이가 기다리고 있으니까 너무 늦지 않도록 해."

"알았어."

성열이는 오매불망 형아를 기다리는데 형아는 또 친구를 만나 동생 생각은 까맣게 잊은 것 같다. 맏이로 자란 제열이와 막내로 자란 성열이가 비교되는 부분이다.

제열이가 성열이를 전혀 생각하지 않는 것은 아니다. 하지만 성열이가 생각하고 의지하는 것에 비하면 차이가 많이 난다. 이런 모습을 볼 때마다 성열이는 형아가 있어 참 다행이란 생각이다.

성열이 세 살, 제열이 초등학교 3학년 때쯤부터 나는 아이들에게 마음의 문을 열기 시작했던 것 같다. 제열이에게는 늦었다는 생각이고 성열이에게는 그나마 다행이었다. 제열이가 엄마 품에서 자라는 동안, 나는 가정에서 그저 주변인 정도였다. 애정표현도 성열이는 어려서 자연스러웠지만 이미 커버린 제열이에겐 스킨십조차 어색했다. 두 아이에 대한 사랑에 차이가 나는 것은 아니었다. 하지만 마음이 열린 때가 서로 달랐기 때문에 표현의 방법에 차이가 생긴 것이다.

제열이에게 아빠가 필요할 때, 아빠는 늘 다른 곳에 있었다. 제열이가 태어나고 6년 후에 성열이가 태어났다. 성열이 곁엔 늘 아빠가 있었다. 잠자는 성열이의 숨소리를 듣고 있으면 마음이 편안해진다. 아이의 숨소리는 봄볕에 얼음이 녹아 조용히 흐르는 시냇물 소리 같다. 나는 한참 바라보다가 볼을 비비고 엉덩이도 만져본다. 하지만 제열이에겐 어색하다. 3월이 되면 고등학교 2학년, 이제 다 커버렸기 때문인지도 모른다.

자고 있는 아이들을 한참 바라보았다. 시간의 흐름은 크고 작은 변화를 만들어낸다. 모양도 달라지고 생각도 달라진다. 하지만 모두 변하는 것은 아니다.

6년이 지나면 성열이의 모습은 여드름이 하나둘 나기 시작하는 지금 제열이만큼 커 있을 것이다. 그때가 되어도 성열이는 여전히 변함없이 늦은 밤까지 형을 기다리고 있을 것이다.

"형아가 없어서 겨우 잠이 들었어."

부스스한 눈으로 형아를 찾는 성열이가 예쁘다. 2008년 1월 29일

첫눈

빨리 어른이 되고 싶어하는 시절이 있었다. 노란색 양은도시락에 달걀 프라이라도 얹어주는 날은 특별한 날이었다. 맥스웰 커피 병에 달랑 김치만 담아 만원버스에 시달리며 학교에 다니던 시절이다. 대부분 가난하게 살던 시절이라 하고 싶은 것이 있어도 부모에게 의지할 수 없었다. 질풍노도의 시기에 채워지지 않는 결핍은 현실을 떠나 늘 다른 세계를 동경하게 만들었다.

어느 날 제열이에게 이야기했다. 아빠는 제열이만 했을 때 빨리 어른이 되고 싶어했다고…….

제열이가 대답했다.

"아빠. 나도 빨리 어른이 되고 싶다는 생각을 해."

나는 뜻밖의 이야기를 듣고 조금 당황했다. 하고 싶은 대로 모두 할 수는 없지만 요즘 아이들은 그래도 우리보다는 훨씬 더 풍요로운 환경에서 자라고 있지 않은가?

나는 곰곰이 생각을 했다. 제열이에게 부족하다고 여겨지는 것은 무엇일까?

방학을 했지만 미대를 준비 중인 제열이는 평소와 같이 오늘도 아침을 거르고 학원에 갔다. 집을 나서는 제열이의 뒷모습을 보며 섭섭해 하는 성열이의 표정이 얼른 지워지지 않는다. 형제는 방학을 했지만 함께하는 시간이 턱없이 부족하다. 오늘도 형아는 11시가 넘어야 올 것이다. 성열이는 형아가 올 때까지 무엇을 하며 기다릴까 걱정이다. 방학이 끝나고 3학년이 되면 형아를 보기가 점점 더 어려워질 텐데……. 성열이의 고민은 깊어만 간다.

제열이에겐 남과 다른 달란트가 있다. 손놀림이 좋고 행동이 빠르며 적극적이고 긍정적이며 창의적이다. 사회성이 좋아 대인관계도 넓고 원만하다. 무엇보다 늘 밝은 모습이어서 좋다. 형태감과 드로잉 능력도 타고난 것 같다. 그런 제열이가 대학에 가겠다며 붓을 잡았다. 꿈을 이루기 위한 첫번째 도전이다.

자식이 부모를 닮는 것은 어쩔 수 없는 일인가 보다. 너무 늦게 시작해서 걱정이 되지만, 열심히 하는 모습을 보니 대견스럽다. 성실한 노력으로 튼실한 열매를 맺었으면 하는 바람이다.

무릎이 아프다며 성열이가 발을 절며 걸었다. 나는 가슴이 철렁 내려앉았다. 특별히 다친 것도 아닌데 왜 아픈 것일까? 응급실을 찾을 상황은 아니지만, 아침이 올 때까지 기다리는 시간이 마냥 길게만 느껴졌다. 성장통일 거야. 새벽을 보내며 이런저런 생각을 했다. 또래 아이들보다 성장속도가 너무 더딘 성열이는 방학 동안 영양치료를 받고 있다. 아마 치료제의 영향일 거야. 그렇게 스스로 위로하며 멀고 먼 아침을 기다렸다.

붓기가 점점 오르고 더욱 불편해 하는 모습을 보며 근심이 쌓이기 시작했다. 부모 마음이 이런 것일까? 나는 다시 유년의 시절로 돌아가고 싶다는 생각을 했다. 그땐 왜 빨리 어른이 되려고 했을까?

나의 일상은 아이들을 교육하고 양육하는 일이 대부분이다. 성열이가 이제 5학년이니 나는 아직도 할 일이 참 많다. 하지만 아이들과 함께하는 시간이 즐거우니 나는 행복하다. 참 행복한 아버지다.

새해 첫눈이 내렸다. 특성화 수업으로 학교에 가는 성열이가 아빠를 부른다. 나는 성열이 손을 잡고 펄펄 내리는 눈을 맞으며 함께 학교에 갔다.

뽀드득 뽀드득 발자국 소리가 정겹게 들린다. 온 세상이 하얗다. 모두 환하게 웃고 있다. 우리들의 걱정과 시름도 눈이 내린 날처럼 환하게 웃었으면 좋겠다.

고요함은 눈이 내리는 소리다. 참 포근하게 들린다. 2009년 1월 16일

제열이에게

제열아 잘 지내니? 면회 다녀왔다는 소식, 엄마에게 들었다. 아빠도 함께 갔어야 했는데 그러지 못해 미안하다.

절기로는 봄이 왔는데 전방 날씨는 아직도 겨울이겠지? 그래도 한겨울 날씨가 아니라 다행이다. 입대한 날이 엊그제 같은데 어느새 두번째 겨울을 보내는구나. 고립되어 있을 때 가장 힘든 것이 춥고 배고픈 것이다. 문제는 많은데 전혀 해결할 수 없는 상황이었으니 고립상태와 다름없었지. 힘들고 어려운 일이 참 많았다. 지난 겨울방학 동안에 성열이랑 같이 면회를 가야겠다고 생각했었는데…… 여름방학 때는 꼭 갈 수 있게 준비하도록 하마.

사람은 살면서 아이나 어른이나 모두 스스로 맡아야 할 역할과 책임이 있다. 누구에게나 그 처지나 현실에 필요한 것인데 아빠는 지금 잘못하고 있다고 생각한다. 그래서 우리 가족에게 참 미안하다.

역할을 제대로 하려면 꼭 필요한 것들이 있는데 모두 쉽게 얻어지지 않는다. 사회생활도 결코 쉬운 것이 아니다. 늘 경쟁을 통과해야 하는데 그것은 불편한 진실 같은 것이다. 선의든 악의든 경쟁을 넘어서야 뜻한 바를 이룰 수 있는 기회가 찾아오기 때문이다.

필요한 것은 준비하고 노력해야 얻어진다. 그렇게 해서 갖추고 있어도 관리를 잘못하면 모르는 사이에 연기처럼 사라지게 된다. 얻고자 할 때는 어렵고 힘들어도, 잃는 것은 순간이다. 명심해야 한다.

부모는 늘 자식 생각이고 잘되기를 바라는 마음뿐이다. 너를 낳고 키워준 분이 부모이니 부모에게 잘해야 한다. 부모를 낳아준 분이 할머니 할아버지시니 할머니 할아버지에게도 잘해야 한다. 형제는 특별한 관계다. 같은 엄마의 배에서 신비하게 탄생하고 자랐으니 서로 같은 몸과 다름없다. 제열이가 형이니 동생을 너의 몸처럼 아끼고 사랑해야 한다. 특히 엄마에게 잘해라. 약한 여자의 몸으로 너희를 낳아준 분이니 세상에서 가장 소중한 사람이다.

성장은 부모를 통해서만 이루어지는 것이 아니다. 자기 주변의 모든 관계, 사회, 문화, 자연 등의 영향을 받는다. 그러니 영향을 받은 것에 돌려줄 것이 무엇인지도 생각해야 한다. 유복하고 가난한 것은 운명이다. 어찌할 수 없는 것이니 필요한 것은 노력해서 찾아야 할 것이다. 마음먹은 것을 잘하려면 건강해야 한다. 그러니 몸 관리 잘해라.

겨울이 가고 봄이 오고 있다. 삶도 계절과 같다. 어려운 날을 견디고 나면 새로운 날이 온다. 하지만 절대로 그냥 되는 법은 없으니 현명하고 지혜로워야 하며 늘 노력해야 한다.

어제 엄마와 통화했는데 제대 후 시험을 다시 보겠다고 했다더구나. 원하는 대학을 가겠다는 것은 좋은 생각이다. 그런데 그 생각에 앞서 내가 왜 그 대학에 가려 하는지, 그 이유가 해명돼야 한다.

생각할 수 있는 시간이 올 때 곰곰이 생각해보아라.

나는 무엇인가? 나는 누구인가? 왜 사는 것인가? 산다는 것은 무엇인가? 어떻게 살아야 하는가? 내가 하고 싶은 것은 무엇인가? 내가 하고 싶은 것을 하기 위해서는 무엇을 어떻게 해야 하는가?

이 물음을 통과하거라. 그러면 어디서부터 무엇을 어떻게 해야 할지 답을 찾을 수 있을 것이다.

대학을 가기 위해 무작정 학원을 등록하고 등록금을 벌기 위해 아르바이트를 하고 그래서 대학을 가면 인생이 잘 풀릴 것이라는 생각은 잘못된 것이다.

마음이 움직일 수 있도록 깊이 생각해라. 마음이 움직이면 공명하듯 몸이 움직인다. 태도가 형태를 만든다. 조급하게 생각하지 마라. 실수는 급한 마음에서 생긴다. 인생은 짧지 않고 너는 아주 젊다.

바른 생각과 바른 행동은 정신적·육체적으로 힘들어도 견디는 힘을 준다. 열심히 흘린 땀과 노력은 기쁨과 행복을 선물할 것이다. 힘들고 어려운 순간을 이겨내면 성취의 길로 한 걸음 더 다가설 수 있을 것이다.

성공이란 기쁘고 즐겁고 멋있고 행복하게 사는 것이라고 아빠는 생각한다. 그렇게 살기 위해 무엇을 어떻게 해야 할지 답을 찾아라.

자신의 삶은 자기 스스로 만들어가는 것이다. 누구도 대신 만들어줄 수 없으며 또한 책임질 수 없다. 풀과 나무가 하늘과 땅의 기운으로 스스로 자라듯이 우리도 스스로 자라는 것이다.

잘 자랄 수 있는 힘을 키워라. 그 힘이 무엇인지 깊이 생각해보아라.

잘 지내라. 몸과 마음 모두 건강하게.

세상에서 성열이와 제열이를 제일 많이 사랑하는 아빠가. 2012년 3월 7일

이기는 삶

"제열아!"

"아빠. 나 당구장이야."

"지금 내 차례인데 지고 있어. 지면 게임비와 술 사야 해. 끝나고 전화할
게."

"알았다."

"성열아!"

"아빠. 나 학원."

"알았다."

"아빠!"

"나 이겼어. 7점차로 지고 있었는데 한 큐로 끝냈어."

"내가 게임하면 좀처럼 안 지는데 군대 있는 동안 당구를 안 쳤더니 실력이
줄었나봐. 난 지는 거 싫거든."

제열아. 질 수도 있고 때론 져줄 수도 있어야 해. 아빠도 꼭 이겨야 하는 삶, 지기 싫어하는 삶을 살았어. 하지만 매번 이겨야만 하는 삶은 정말 힘들었어. 이기는 삶은 사는 이유가 되었을지는 모르지만 그 결과로 행복해졌는지 모르겠어. 아마 행복을 주는 건 아니었던 것 같아.

져도 되는 이유가 있어. 그걸 알아야 해. 늑대는 자기보다 힘센 동물하고만 싸운대. 약한 동물은 상대하지 않는대. 나보다 약한, 나보다 어렵고 힘든……. 하지만 아무에게나 지고 아무에게나 무릎을 꿇는 건 아니야.

"성열아! 어디야?"

"형아랑 편의점."

"형아 만났어?"

"응, 형아가 전화했어."

"11시 넘었는데 편의점에서 뭐해?"

"라면 먹어."

"집에 가서 먹지."

"엄마는 라면 먹는 거 싫어하거든."

"알았다."

"엄마 걱정하니까 얼른 들어가."

"응, 아빠 잘 자."

"그래 사랑해."

성열이는 학교 끝나고 학원 다녀오다가, 제열이는 직장 끝나고 회식하고 오다가, 아빠는 일 마치고 성열이 제열이 생각에 막걸리 한잔하다가…….

늦은 시간 형제가 나누는 우정 넘치는 24시간 편의점. 오늘도 흑백영화를 보았습니다. 2012년 11월 20일

아빠의 일기장

비가 오면 막걸리 생각이 난다.

삶은 고독을 조금씩 깨우쳐 가는 여정일 뿐이라고

친구는 이야기하지만 혼자는 외롭고 쓸쓸한 것이다.

오늘 같은 날은 연탄불에 부침개를 부치고 빗소리를 안주 삼아

한잔하는 것이 최고다. 혼자 마시는 것도 좋지만 벗이 곁에 있으면 더 좋다.

꼭 이상과 김수영이 아니더라도 박인환이면 더 좋고 김관식이면 어떠랴.

2011년 6월 23일

장미와 천둥과 번개, 단비와 이슬 이야기

성열아! 아빠가 장미의 친구들 이야기를 들려줄게 잘 들어봐, 알았지?

아주 먼 옛날에, 장미에겐 단비라는 남자친구와 이슬이라는 여자친구가 있었어요. 장미는 땅地에 집을 짓고 살았지만 단비와 이슬이는 집이 하늘天에 있었어. 단비와 이슬이가 사는 동네엔 천둥과 번개라는 험상궂은 애들이 살고 있었는데 이들은 싸움꾸러기였어. 애들이 다툴 때는 무서운 소리와 번쩍이는 불꽃이 생기는 거야. 그 소리와 불꽃들이 땅에 떨어지면서 소리는 가시로 변했고 불꽃은 꽃으로 변해서 장미가 되었단다. 장미꽃이 빨간 이유는 불꽃이 변했기 때문이란다. 그리고 싸운 후에 서로 뉘우치며 눈물을 흘렸는데 그 눈물이 땅에 떨어지며 비가 되었대. 비가 내릴 때 단비와 이슬이는 비를 타고 내려왔다가 새벽에는 이슬이가 장미의 친구가 되어주고 후텁지근한 여름철 더위가 심술을 부릴 때면 단비가 찾아와 친구가 되어주는 거야. 참 좋은 친구들이지? 성열이도 학교에 가면 친구를 많이 만날 수 있을 거야. 선생님 말씀도 잘 듣고 단비와 이슬이 같은 좋은 친구도 많이 사귀렴. 알았지? 다음엔 아빠가 함박눈 이야기 해줄게. 그럼 이만 안녕. 2004년 2월 15일

여행 2

제열아, 글 참 잘 썼다. 쓱싹 쉽고 편하게 썼는데 참 좋다. 글도 그림도 이렇게 쉽고 편해야만 좋은 것이 된단다. 그럼 어떻게 하면 쉽고 편해질 수 있을까?

　제열이가 글을 쉽게 쓸 수 있었던 것은 할아버지 댁을 자주 오가면서 골목 길에 대한 기억(경험), 엄나무와 뜰에 핀 꽃들과 곤충에 대한 관심(생각)이 있었기 때문이란다. 즉 경험과 생각이 있었기 때문인 거야. 제열이가 '달나라에서 살게 된다면', 혹은 '결혼해서 아버지가 된다면', 이런 주제로 글을 쓰라고 하면 어떨까? 그때는 경험이 없으니까 상상력을 동원해야겠지? 그럼 상상력은 어디에서 올까? 글의 재료 그림의 재료, 창조적 행위의 모든 원천은 경험에 있단다. 경험은 머리로 생각을 하고 몸을 움직여서 무언가를 얻는 행위지. 경험이 많으면 그만큼 생각이 많아지고, 저금을 하듯이 경험의 기억들이 차곡차곡 쌓이면 그만큼 생각의 부자가 되는 거란다. 그다음은 필요에 따라 꺼

내 쓰면 되는 거지. 저금을 하듯이 머릿속에 경험을 담는 과정이 공부라는 것이란다. 그래서 모두가 공부공부 하는 거야.

옛날에는 몸을 움직이는 것도 공부로 여겼단다. 공부工夫의 중국어발음은 [kung fu]. 쿵푸는 몸을 사용하는 무술인 거 알지?

석봉이가 어머니가 보고 싶어 집에 왔을 때 석봉의 어머니는 석봉의 공부가 어느 정도인지 시험하기 위해 불을 끄고 공부대결을 벌이잖아. 석봉은 글을 쓰고 어머니는 떡을 썰고…….

즉 공부는 머리와 몸을 사용하는 것이야. 그러니 몸이 비둔한 것도 공부를 게을리한 것이 되겠네……. 좀 찔리니? 건강을 위하여 음식을 먹듯이 우리는 좋은 생각을 하기 위해 공부도 해야 하는 것이란다.

정리하면 우리가 살고 있는 이곳 문명사회는 음식이 필요하고 음식을 구하기 위해선 물질이 필요하고 물질을 구하기 위해선 공부가 필요하다. 공부를 잘 하려면 경험과 생각을 잘 나누어야 한다. 여행은 경험하고 생각하는 데 많은 도움이 된다. 그러니 앞으로 여행을 많이 하도록 하여라. 멀리 떠나는 것만이 여행이 아니다. 여행旅行은 여旅 많이 행行 가고, 걷고, 겪고, 일하고, 움직이는 것이며, 고여 있지 않고 흐르고 있는 상태이며, 베푸는 것이란다. 그리하니 세상이 꼭 필요로 하는 사람이 되거라. 늘 생각을 깊이 하고 행동은 신중히 해라. 공부는 머리로 먹는 음식이란다. 음식을 먹는 마음을 알려주니 잊지 말기 바란다.

음식을 먹는 마음. 이 음식은 어디서 왔는가. 내 작은 노력으로 받기 부끄럽네. 건강을 유지하는 약으로 알고 진리를 실현하려 이 음식을 받습니다. 늘 건강하여라. 2005년 5월 12일

단비

밤새 개구리 울음소리가 끊이지 않더니 새벽에 비가 내렸다. 농부에게는 애타게 기다렸던 단비다. 성열이에게도 오늘밤, 오랜만에 아빠의 비가 내렸다. 방에는 어김없이 선풍기가 돌아가고 있다. 쌔근쌔근 숨소리, 향기처럼 가득한 아이의 땀 냄새. 걱정도 시름도 없이 잠에 빠져 곤히 자는 네 모습은 정말 천사 같다. 너의 땀 냄새는 향기롭고 숨소리는 음악처럼 달콤하다. 샘처럼 솟아나는 호기심을 움켜쥐고 꿈속을 여행하는 너의 모습을 바라보는 아빠는 행복하다.

성열아! 아빠도 미안해. 성열이가 갖고 싶은 것, 하고 싶은 것, 원하는 만큼 해주지 못해서. 반성문을 보고 화도 다 풀렸다. 사랑의 그림과 퀴즈는 방송에서 하는 '골든벨'보다 훨씬 훌륭해. 성열이는 정말 훌륭한 의사네? 화를 풀어주는 묘약을 처방할 줄도 알고, 아빠의 화도 성열이의 욕심과 고집을 풀어주는 처방이었는데 약이 좀 쓴지 닭똥 같은 눈물이 나왔지? 몸에 좋은 약은 가끔 쓸 때가 있단다. 쓴 약을 처방하는 아빠의 마음은 아프지만 성열이가 바르게 자라는 데 필요한 것이므로 어쩔 수가 없단다. 오늘 아빠는 감격했단다. 성열이가 아빠에게 혼나고 삐쳐서 이불 뒤집어쓰고 있는 줄 알았는데 반성문을 쓰고 있는 줄은 정말 몰랐어. 지난 일요일 성당 갔다가 늦게 온 형아가 아빠에게 혼나고 반성문 썼을 때, 그것을 보고 성열이도 생각을 했나 보구나.

잘했다. 성열이는 아빠의 행복 바이러스다. 엄마도 빨리 성열이의 행복 바이러스에 감염되었으면 좋겠다.

성열아! 참는 것. 절제하는 것. 이런 것들이 어린 네게는 아직 어려운 일이겠지만, 그래도 가끔은 해야 할 때가 있단다. 알고 있지? 오늘 아빠와 한 약속 잊지 말자. 아빠는 꼭 해낼 거야. 성열이는 기다리기로 했지? 그림노트도 계속 열심히 하자. 파이팅! 2005년 6월 17일

통하는 것

"아빠 손은 참 따뜻해"

성열이가 이야기했다. 그래, 아빠 손은 따뜻해. 마음도 손처럼 따뜻했으면 좋겠다.

가끔 밤에 일을 하다 보면 어느새 날이 새고 만다. 그런 날, 아이들이 학교에 갈 시간이 되면 집안은 북새통이 된다. 특히 아내가 아이들을 깨울 때 들리는 소음은 정말 참기 힘든 고역이다. 그 고역을 면해보고자 나는 묘안을 짜내었다. 아이들을 내가 깨워서 학교에 보내는 생각을 한 것이다. 먹을 것은 미리 준비해서 냉장고에 넣어두면(물론 이것은 아내의 몫) 아침에 꺼내놓기만 하면 되니 어려울 것이 없다. 국은 데우면 되고 달걀부침 정도는 할 수 있는 일이다. 전기밥솥에는 언제나 따뜻한 밥이 준비되어 있으니 상을 차리는 것은 그리 어려운 일이 아니다. 이렇게 해서 평화로운 아침을 맞이할 수만 있다면 이 정도의 수고는 기꺼이 감수할 만한 것이라고 생각했다. 아내는 작심삼 일이겠거니 했는지 별 관심을 보이지 않았다. 아내의 그런 태도에 나는 오기가 발동했다.

"내일 아침부터 우리집엔 평화가 찾아올 거야." 나는 목에 잔뜩 힘을 주고 아내를 보며 으스대었다. 하지만 다음날부터 고행이 시작될 줄은 꿈에도 생각지 못했다.

밤을 새우며 일을 하는 날, 아이들을 깨워야 할 시간쯤 되면 전과 달리 이상하게 피곤이 몰려왔다.

부담감 때문일까? 일을 하지 않는 날은 아이들을 깨워야 할 시간에 일어나는 것 자체가 힘들었다. 그래도 아침의 평화를 위해 자명종이 울리면 이를 악물고 벌떡 일어났다. 물 먹은 솜처럼 무거운 이불을 걷어냈다. 상을 차리고 나면 아이와 마주보고 앉아 아침을 먹으며 사소한 대화를 주고받았다. 때로는 필요한 이야기를 준비하고 있다가 내놓기도 하고 가끔은 핀잔과 칭찬이 메뉴로 등장했다. 그렇게 하루하루가 힘겹게 지나가더니 어느새 3년이 되었다. 나는 아이들과의 대화를 아침을 준비하면서 할 수 있었다. 대부분의 부모들은 아이들에게 일방적이다. 이렇게 해라, 저렇게 해라, 지시만 내린다. 매일 반복해서 듣고 자란 아이들에게 그 소리는 공허한 메아리일 뿐이다. 아이들은 들은 척만 할 뿐, 마음에 새기지 않는다. 스며들지 않고 흔적 없이 사라지는 바람 같은 것이다. 모두 잔소리로 듣는 것이다. 사실 이런 상황을 대부분의 부모는 알고 있다. 그러면서도 개선하거나 자제할 생각은 하지 않고 짜증스런 목소리가 습관적으로 튀어나가는 것이다. 싸우는 것도 아닌데 왜 큰소리가 나느냐고 물으면 대부분 이렇게 이야기한다.

"하루 이틀도 아니고 매일 똑같은 상황을 당해봐, 누구든 큰소리 내지 않을 사람은 없어."

특별한 이유가 있는 것이 아니었다. 똑같은 상황의 연속 때문이었다. 그렇다면 똑같은 상황을 매일 겪어야 하는 아이의 입장은 어떠할까?

아무리 짜증이 나더라도 정도에 넘지 않도록 알맞게 자제할 줄 알아야 한다. 나는 아직까지 아이들 앞에서 큰소리를 내본 적이 없다. 음식을 차릴 때 가끔 피곤해서 정성이 조금 부족한 경우가 있어 아이들에게 미안하게 생각한 적은 있다. 하지만 아이들 앞에서 큰소리를 내야 하는 이유를 아직까지 찾지 못하고 있다. 이른 아침에 힘들게 일어나야 하는 아이들이 안타까울 뿐이다. 아이들이 힘들게 일어나는 모습을 볼 때마다 아이들은 왜 매일 학교에 가야만 하나 하는 생각이 들 때가 있다. 요즘 학교는 학교 기능을 제대로 못하는데 그곳에 가기 위해 매일 힘들게 시작하는 아침이 안타깝다.

성공한 사람들의 이야기에는 모두가 귀를 쫑긋 세운다. 그런 이야기를 담은 책들은 불황에도 불티나게 팔리고 있다. 그런 책을 사서 읽는 사람들의 심리도 이해가 되지 않는다.

그런 책을 사서 읽으면 혹시 그렇게 된다는 보장이라도 있는 것일까? 예전에 그런 책을 읽어보려고 시도한 적이 있었다. 『성공하는 사람의 7가지 습관』이라는 제목의 책이었던 것 같다.

아내가 유럽에 갈 일이 있어 비행기를 탔는데 기내에서의 무료함을 달래려고 가지고 간 책이었다. 집에 돌아온 아내는 영국에 도착하기도 전에 책을 모두 읽었다면서 내가 꼭 읽어야 할 필독서라며 건네주었다. 제목을 보고는 '성공한 남편과 살고 싶다는 뜻인가?' 하는 생각을 하며 책을 받았다. 책에서 말하는 성공이 내가 생각하는 성공과 같은 것인지 모르지만 나도 그 성공이라는 것을 한번 해보자는 마음으로 첫 페이지를 열었다. 하지만 더 읽어나갈 수 없었다. 상형문자도 아니고 로마문자로 쓰인 것도 아니었다. 읽고 이해 못할 난해한 내용도 물론 아니었다. 하지만 아무리 읽어도 책의 내용이 머리에 들어오지 않았다. 아내는 단번에 읽은 책인데 왜 나는 읽어내지 못하는 것일까? 그런 생각을 하며 책을 덮었다 펼쳤다를 반복했다. 그러다가 더 읽는 것을 포기했다. 그리고 나서 책을 읽을 수 없었던 이유를 곰곰이 생각해보았다.

이제 그 답을 얻은 것 같다. 그것은 아이들이 매일 되풀이해서 듣는 엄마의 잔소리 같은 것이라는 생각이었다. 엄마의 잔소리는 결코 나쁜 표 음식이 아니다. 그 속에는 사랑과 애정도 듬뿍 담겨 있다. 그런데도 아이들이 싫어하고 효과가 없는 이유는 무엇일까?

제열이를 보내고 한 시간 후에 성열이를 깨운다. 감미롭게 소곤거리며 아이의 등을 쓸어주다 보면 아이는 편안하게 눈을 뜬다. 초등학교 3학년. 세수를 못할 나이는 아니지만 손과 얼굴을 씻겨준다. 아이는 몽롱한 느낌으로 아빠의 손길을 느끼며 잠에서 깨는 것이다. 매일 아침 아이의 모습을 세면대 거울을 통해 본다. 아직 눈을 뜨지 못하고 잠에서 깨기 시작하는 아이의 모습은 천사와 다름없다.

'이 아이가 있어 이렇게 행복합니다. 감사합니다.' 나는 마음속에서 두 손을 모은다.

매일 아침 우리집 세면대 거울 속에는 아이를 씻겨주는 아빠와 잠에서 깨어나는 천사의 모습이 함께 있다. 아이를 씻기다 보면 아이와 일치가 되는 것을 느낄 수 있다. 아이를 그대로 느낄 수 있다. 그것은 머리로만 알고 있는 아이와는 다른 것이다. 이런 경험을 하다 보면 부모의 눈높이에서 보던 아이를 아이의 눈높이에서 볼 수 있는 지혜가 생긴다. 다만 욕심을 내려놓았을 때 가능하다.

정성으로 차려준 아침을 먹고 학교에 가는 성열이가 인사를 한다. 그 소리를 들으면 하던 일을 멈추고 얼른 문밖까지 따라나선다. 등에 메고 있는 성열이의 가방은 아침이면 유난히 커 보인다. 한 손에 신발주머니를 든 성열이는 아빠의 가슴에 쏙 들어와 안긴다. 내려가는 엘리베이터의 유리창에 서로 손을 맞대고 하이파이브를 한다. 1층에 도착한 엘리베이터 문이 열리는 소리를 들은 후 현관문을 닫는다. 아이는 아빠의 마음을 가득 담았으니 든든한 마음으로 힘찬 하루를 시작할 것이다. 아이가 학교에서 돌아오면 가방을 받아주고 두 손을 꼭 잡아준다. 즐거웠던 이야기를 물으며 천장에 닿을 듯이 높이 안아 빙빙 돌려준다. 그러면 아빠의 가슴은 놀이공원의 롤러코스트가 된다.

성열이가 이야기했다.

"아빠 손은 언제나 따뜻해." 2006년 11월 8일

닫힌 마음

마음의 문이 굳게 닫힌 후로 아내는 세탁한 양말이며 속옷을 곱게 개어 서재
앞에 놓고 간다. 문 앞에서 주인을 기다리는 세탁물을 볼 때마다 나의 시선은
고정되어 한참 동안 그곳에 머물렀다. 나이가 들어 닫힌 문은 쉽게 열리지 않
는다. 쉽게 닫히지도 않지만 한번 닫히면 다시 열고 들어가기가 보통 어려운
게 아니다. 추락하는 것에 날개가 돋는 것과 같다. 부가되고 가중되는 것이다.
다림질이 필요 없는 속옷은 화장기 없는 얼굴처럼 신선하고 상큼해 보여 좋
다. 비누냄새가 아직 가시지 않은 옷가지에서 봄의 냄새가 느껴진다. 마음은
닫혀버렸지만 인연이 배달되고 있다고 생각했다. 인연은 이런 것인가 보다.
아무리 미워도 속이 상해도 쉽게 싹둑 잘라버릴 수 없는 것인가 보다. 만났다
는 이유만으로 하고 싶은 일 못하고, 하기 싫은 일 하면서 살아야 하는 것이
인연인가 보다. 인연이란, 관계란, 아무리 힘들고 어려워도 이해하고 배려하
지 않으면 그다음에 오는 결과는 눈에 보듯 뻔하다. 속에 입는 옷가지에도 얼

마나 많은 정성이 깃들어 있는가? 그렇다면 드러나는 것, 느껴지는 것들에는 어떻게 해야 할까? 그곳에는 형식의 배려가 하나 더 추가되어야 한다. 형식은 나보다는 너를 위한 배려이다. 점점 내가 아닌 네가 소중한 세상으로 변해가고 있다. 내 곁에 있는 사람들과 잘 지내야 한다. 생각해주며 살아야 한다. 마음이 오고갈 수 있어야 한다. 그래야 아름다운 세상이라고, 한번 살아볼 만한 세상이라고 이야기할 수 있지 않을까……. 2007년 2월 7일

노스탤지어

방학 동안에 잠을 많이 재우려고 깨우지 않았더니 아이들은 해가 중천에 걸려야 일어났다. 개학을 하자 제열이는 6시에 일어나 서둘러도 아침을 거른 채 집을 나선다. 성열이는 형아와 함께 일어나려 했지만 오늘도 실패했다. 아직 잠이 깨지 않은 듯, 성열이의 얼굴은 부은 듯이 볼이 동그랗다. 그래도 아이들은 학교에 가는 것이 즐겁다. 핑계를 대고 학교를 빠지려고 했던 우리 때와는 다르다. 선생님이 무서웠던 그때와 다르게 요즘은 선생님도 아이들도 모두가 친구다.

방학 동안에 학교가 그리운 것은 학교에 가야만 친구를 만날 수 있기 때문이다. 제열이는 개학하는 날, 아침에 깨우지 않아도 스스로 일어났다. 어떻게 혼자 일어났느냐고 이유를 물었더니 친구들과 선생님 생각에 아침을 기다렸다고 했다. 마음이 닿아야 한다. 그러면 아이들은 시키지 않아도 스스로 한다.

봄비가 내렸다. 겨우내 사용하지 않던 우산을 찾으려 하니 모두 행방불명이다. 제열이는 손잡이가 훼손된 우산을 들고 갔고 성열이는 싫지만 원색이

섞여 화려한 디즈니우산을 들어야 했다. 매일 이야기를 해도 아이들은 정리하는 게 쉽지 않다. 지난여름에 아이들이 사용했던 우산들은 모두 어디에 있는 것일까. 긴 겨울방학을 보냈는데도 성열이의 키와 몸무게는 그대로인 것 같다. 살이 붙지 않은 조그만 엉덩이는 아직도 두 손에 쏙 들어온다. 아이를 품에 안아도 그렇다. 성열이는 모든 것이 내 몸과 마음속에 쏙쏙 들어온다. 더 커서 어른이 되어도 지금처럼 내 가슴에 쏙 들어와 안겼으면 좋겠다. 팔과 다리는 조금 자란 것 같다. 폴짝 뛰어올라 나무를 타듯 어깨 위로 올라올 때 제법 팔과 다리의 힘이 느껴진다. 천장 걷기 놀이를 할 때도 느낄 수 있다. 천장을 한 바퀴 돌고 내려올 때면 떨어지지 않으려고 몸에 찰싹 달라붙는다. 그때 느낄 수 있다. 볼에 살이 빠지고 가끔은 보조개가 보이기도 한다. 동그랗던 아기 얼굴에서 갑자기 낯선 모습을 발견하면 나는 순간 놀라게 된다. 이제 조금씩 소년의 티가 나려고 하는 것 같다. 3월이면 초등학교 4학년, 이때쯤 아이들에게 오는 변화인가 보다.

이곳으로 처음 이사 왔을 때 성열이와 함께 외출하려면 우유병과 기저귀 가방을 챙겨야 했었다. 얼마 전 일처럼 느껴지는데…….

그러고 보니 성열이는 이곳의 맑은 공기와 햇빛이 키워준 것 같다. 의도하지 않은 이곳에서의 삶이었지만 아이들을 생각하면 참 다행이라는 생각을 한다. 콘크리트 숲으로 둘러싸인 곳에 성열이가 태어난 집은 10년을 넘게 주인을 기다리고 있다. 한번 떠나오니 다시 돌아가기가 쉽지 않다. 삶이란 물이 흐르듯이 이렇게 흘러가는 것인가 보다.

이곳에서 제열이는 초등학교의 반, 중학교를 졸업하고 고등학생이 되었다. 성열이는 초등학교에 입학하고 벌써 4학년이 된다. 그 세월 속에 아이들의 친구도 모두 이곳에 있으니 이제 이곳은 아이들의 고향이나 다름없다. 집 앞을 흐르는 개울, 눈앞에 보이는 천마산과 겨우내 얼음을 지치며 놀았던 저수지는 아이들 가슴속에 오래오래 남아 있을 것이다.

내가 태어난 곳은 한옥으로 지은 대문이 큰 집이었다. 그곳의 지명은 서울특별시 용산구……. 그렇게 시작된다. 지금 그곳은 도시 한복판으로, 어렸을 때 느낌을 전혀 찾을 수 없다. 하지만 마음속에는 시간을 거슬러 올라 그때의 기억으로 간직되어 있다.

대문을 두 손으로 열고 문밖으로 나가면 문 앞에는 큰 길이 있었다. 길이 시작되는 모퉁이에는 작은 구멍가게가 하나 있었다. 나의 기억은 이 가겟집에서부터 시작된다. 나는 그곳에서 필요한 것들을 마음대로 살 수 있었다. 가겟집 옆에는 짙은 갈색 나무로 된 전봇대가 서 있었다. 전봇대 위에는 하늘색 변압기가 있었다. 변압기를 기억하고 있는 것은 전봇대 옆을 지나갈 때마다 변압기가 꼭 터질 것만 같은 생각이 들었기 때문이다. 전봇대를 벗어나 약간 경사진 골목을 오르면 길 중간쯤, 쇠로 된 둥근 손잡이와 장식이 달린 큰 대문이 있는 집이 우리집이었다. 길 양쪽으로는 한옥이 줄지어 자리잡고 있었는데 언덕 끝에 벽이 하얀 타일로 된 이층 양옥집이 있었다. 그 집은 큰누나의 친구가 사는 집이었다. 그곳에 누나들과 함께 놀러갔던 기억이 난다.

누나 친구의 방에는 창에 커튼이 쳐져 있었다. 커튼 아래 책상에는 인형과 빨간 돼지저금통 그리고 머리 위에 종이 두 개 달린 자명종이 있었다. 그리고 연한 핑크색 실로 짠 책상보 끝에 달린 반달 모양의 꽃무늬 레이스를 나는 아직도 기억하고 있다. 누나 친구의 방은 동화 속에 나오는 그림 같은 느낌이었다. 그런 느낌은 우리 누나의 방에서는 느낄 수 없었던 것이었다.

책상 옆에는 피아노가 있었다. 누나의 친구는 가끔 피아노 연주를 들려주었는데, 곡의 제목은 기억이 나지 않는다. 그림처럼 느껴졌던 누나의 친구 방에서 나는 처음으로 무언가 다른 환상적이고 몽환적인 이성의 느낌을 경험했던 것 같다. 핑크색 레이스가 달린 책상보 때문이었는지도 모르겠다.

나의 유년에 대한 첫번째 기억이다. 그곳은 지금 내가 살고 있는 곳과는 전혀 다른 공간이었다.

그곳에서는 하늘과 바람, 산과 호수를 느낄 수 없었다.

막연히 골목길로 기억되는 노스탤지어 같은…….

아이들은 버스를 타고 학교에 간다. 교실에 앉으면 종소리 대신 컴퓨터가 알려주는 시작소리를 듣는다. 월요일이 되어도 조회시간에 운동장에 나가지 않아도 된다. 교실에 앉아 조회를 하고 교장 선생님의 말씀은 TV모니터를 통해 들을 수 있다. 모든 것이 변했다. 무엇이든 빠르고 편리한 쪽으로 일방적으로 변했다. 그러니 몸은 덜 쓰게 되고 많은 것을 머리로 해결하려 한다.

빠른 것만이 좋은 것일까? 편리한 것이 좋기만 한 것일까? 그래도 고개를 들면 하늘과 바람을 느낄 수 있는 자연 속에 함께 있는 것이 다행스럽다. 이곳은 나의 세번째 유년의 기억 속 장소와 흡사하다. 나의 인성과 감성의 뿌리는 세번째 장소에서 자랐다.

책상 앞에 앉아 있는 제열이의 뒷모습은 청년의 모습이다. 꾸부정하게 휜 어깨는 더 그렇다. 말수도 줄었다. 가끔 성열이가 놀자고 엉기면 가소로운 듯 무시하기도 했다. 얼굴에 여드름이 하나둘 피기 시작하고 변성기로 목소리도 허스키하게 변했다. 어느 날 갑자기 청년의 모습으로 변신을 한 것 같다. 코밑에 솜털도 까맣게 짙어졌다. 아이도 훌쩍 커버린 자기 모습이 낯설 것이다. 아이들이 크는 모습이 눈에 보인다.

아침에 일어나 눈을 뜨면 훌쩍 커버린 아이들의 모습이 있다. 나는 혹시 잠이 깨지 않은 것은 아닌가 하고 다시 한번 주위를 두리번거린다. *2007년 2월 5일*

다름

성열이에게 매를 들었던 때가 가끔 생각난다. 그 생각이 날 때마다 나는 숨이 막히고 가슴이 뛴다. 벌써 꽤 오래전 일인데도 그렇다. 그때 성열이는 제열이를 위해 만들어준 일본도로 엉덩이를 열 대 맞았다. 꿋꿋하게 엎드려 약속한 열 대를 다 맞았다. 어떻게 열 대를 때렸을까? 나는 아직까지도 믿어지지가 않는다. 성열이에게 매를 들고 난 후 나는 며칠 동안 몹시 힘들어하며 몸살을 앓았다.

며칠 전에는 제열이가 매를 맞았다. 고민 끝에 어쩔 수 없이 매를 들어야만 한다는 결론을 내렸다. 매를 들 때는 더는 방법이 없고 나아질 수 없다는 판단을 했을 때이다. 아이들도 한 번씩 시련의 아픔을 겪으면서 모든 일이 호락호락 쉽게 넘어가지 않다는 것을 알아야 한다. 세상의 중심은 나이지만 나만 생각하는 이기적인 삶은 전혀 바람직하지 않다는 것도 알아야 한다. 받는 것은 편하고 행복하지만 내 것을 주고 베풀었을 때 더 큰 행복을 느낄 수 있다

는 것을 알려주어야겠다. 베푸는 것은 나도 행복하고 상대도 행복하고 주변 사람들도 행복하게 해주니까. 모두가 행복한 것은 나만 혼자 행복한 것보다는 훨씬 가치 있는 거니까…….

제열이는 야구방망이로 엉덩이를 한 대 맞고 휘청거렸다. 이 정도로 휘청거릴 녀석이 강짜를 부리다니……. 그러려면 최소한 다섯 대쯤은 꼼짝하지 않고 버틸 정도는 돼야지……. 휘청거리는 모습에 순간 나는 마음이 무너져버렸다. 매를 맞는 것도 성열이와 제열이는 서로 달랐다. 성열이가 매를 맞을 때는 약속한 열 대를 모두 맞아야 한다는 책임감으로 열 대가 목표인 양 끝까지 포기하지 않고 엉덩이를 내밀었다. 아파도 아파도 끝까지 버티며 포기하지 않았다. 하지만 제열이는 단 한 대에 무너져버린 것이다.

제열이가 매를 맞은 이유는 계속 기르고 있는 머리 때문이었다. 고등학교 입학을 앞두고 제열이는 중3 겨울방학이 시작되기 전부터 계획적으로 머리를 길렀다. 짧았던 머리는 계속 자라면서 제자리를 잡지 못하고 언제나 산발의 모습이었다. 특히 유행을 따라 자른 듯한 일자머리는 일본 아이를 보는 듯한 낯선 느낌에 보기가 싫었다.

한깔끔 하는 엄마의 눈에 제열이의 머리스타일은 매일매일 엄청난 스트레스였다. 그래서 수시로 발생하는 큰소리를 이겨내지 못하고 결국 오늘 제열이를 손보는 선에서 마무리를 해야겠다는 생각을 했던 것이다.

제열이가 매를 맞은 결정적인 이유는 문제를 해결해보려고 제시한 중재안을 일방적으로 거부해서다. 이제 매를 들 수밖에 없겠다는 생각을 했다. 그대로 두는 것은 부모로서 올바른 판단이 아니라는 생각이었다.

나는 대화로 문제를 풀어보려고 했다. 엄마와 아빠의 생각이 같으니 일단 머리를 한번 정리하고 기르는 쪽을 생각해보는 것이 어떠냐는 제안을 했다.

구체적으로 말하자면 앞머리를 일자로 자른 것은 전혀 어울리지 않으니 긴 머리를 정리하면서 모습에 맞는 스타일을 생각해보자는 것이었다. 하지만 제열이는 이야기가 끝나기도 전에 "싫어, 깎지 않을 거야, 그러니까 생각하나마나야" 하며 등을 돌려버렸다. 물론 오래전부터 일관해온 생각이니 더는 생각할 것도 없고 이야기하고 싶지 않을 수도 있다. 하지만 그런 태도를 나는 이해해줄 수 없었다.

털이라는 것은 수컷임을 드러내려는 상징 중에 으뜸이다. 그것은 인간이나 동물이나 같을 정도로 원초적인 것이다. 그래서 여성과 많이 부딪치는 영역인 것도 사실이다. 나 역시 신혼 초부터 10년이 넘도록 수염을 기르는 문제로 아내의 눈치를 끊임없이 살펴야 했으니…….

자신의 생각과 괴리감이 커서 타협점을 찾을 수 없을지라도 상대를 배려하는 마음이 있어야 한다. 더군다나 엄마와 아빠의 생각이 같다는 것을 고려한다면 한번쯤 괴리를 넘어서기 위한 고민을 해볼 수 있는 것이다. 하지만 그러지 않는 제열이의 태도가 결국 매를 불렀다. 매 한 대의 완력으로 나는 제열이를 제압하고 한 번 더 생각해보겠다는 반응을 얻어냈다. 그러면서 생각했다. 고등학생이 되는 제열이가 처음으로 드러내려고 하는 나름의 멋을 지켜주어야겠다는 생각을 하게 되었다. 모양이 나지 않아 좀 어설프고 세련되지 않을지라도…….

다음날 일을 마치고 오랜만에 친구를 만나 기분 좋게 술을 마셨다. 어떻게 집에 들어왔는지 생각이 나지 않을 정도로 기분이 좋았다. 술을 마시고 들어온 날은 아이들이 잠을 제대로 잘 수 없다. 잠자는 아이들을 모두 깨워 귀찮게 하기 때문이다. 그것은 술에 취했을 때 아이들을 사랑하는 버릇 같은 것이었다. 그런 습관에 익숙해져서인지 이제는 아이들이 모두 그러려니 한다. 술을 한잔 했는데도 제열이를 보니 어제 매를 든 것이 마음이 아프고 미안했다. 생각을 해보았니 하고 물었더니 고개를 끄덕였다. 하지만 결론은 처음 생각과 변함이 없다고 했다. 그렇다면 그렇게 해라고 하며 제열이의 생각을 인정해주었다. 그리고 나니 마음이 편해졌다. 하지만 한편으론 엄마와 아빠의 생각도 조금은 이해해주기를 바랐다.

옳다고 여기는 생각을 버리고 다른 생각에 맞춘다는 것은 쉽지 않은 일이다. 완력을 동원했는데도 굽히지 않고 자신의 생각이 끝까지 옳다고 믿는 제열이의 손을 나는 들어주었다.

아이들은 아직 어리므로 올바른 판단을 하지 못하는 경우도 있을 수 있다. 그래서 실수하는 것을 부모나 주변에서 살펴주어야 한다. 그러다 보면 성장을 거듭하면서 점점 실수가 줄어들 것이다. 하지만 굽히거나 버린 자존심은 그 누구도 해결해줄 수 없다.

제열이의 태도가 좋았다. 나는 행복했다. 2007년 2월 23일

밥을 안 먹고 사는 법

"아빠, 아침에 밥을 먹는 것은 정말 고역이에요. 밥을 안 먹고 사는 방법은 없을까요?"

성열이가 아침에 밥을 남겼다가 아빠에게 혼나고 심술이 났다. 사진도 찍지 말라며 심하게 골이 났다.

방문이 열린 채 침대에서 성열이가 잠을 자고 있다. 문을 닫아주려는데 성열이의 목소리가 들린다.

"아빠, 문 닫지 말고 그냥 열어두세요."

"성열이 잠자는 거 아니니?"

"자려는 건 맞는데 문은 닫지 마세요."

"왜?"

"노래 들으면서 자려고요."

맞다. 성열이는 오늘 밤 '콘서트 7080'을 보고 자겠다고 했었다. 엄마에게

허락도 얻었다고 했다. 하지만 7080은 자정이 훨씬 넘어서 하는 프로그램인데……. 역시 오늘은 성열이가 7080을 시청하기에 역부족이었다. 밀려오는 졸음을 참으며 기다렸는데 더는 참을 수가 없었다. 졸음 때문에 볼 수 없으니 자면서 노래라도 들으려 했던 모양이다. 그런데 성열이 정서에 '콘서트 7080'이 웬말인가? 하지만 성열이는 7080 애청자였다.

성열이가 노래에 관심을 두게 된 것은 역시 형아의 영향 때문이었다. 제열이가 컴퓨터에 다운받아놓은 노래를 컴퓨터를 사용할 때마다 들었던 것 같다. 어느새 노래에도 관심을 보이는 성열이. 나이 차이가 있음에도 성열이는 형의 영향을 그대로 받는 것 같다.

제열이가 고등학생이 되면서 함께하는 시간이 줄어들자 성열이는 형이 없는 시간을 보내는 것이 여간 고역이 아니었다. 그러던 중에 음악에 관심을 가짐으로써 무료해진 시간을 조금이나마 달랠 수 있었다.

오늘은 나팔꽃을 심기로 한 날이다. 그런데 형아는 또 외출했다. 그래서 할 수 없이 아빠와 둘이서 심게 되었다. 형아랑 같이 했으면 힘이 덜 들었을 텐데…….

제열이는 오늘도 11시가 돼서야 집에 들어왔다. 그때까지 전화 한 통 하지 않았다. 밖에서 연락하지 않는 건 아빠를 닮아서일까? 그런 건 성열이가 닮으면 안 되는데…….

얼마 전에 제열이 방에서 책상 위에 놓인 가정환경조사서를 우연히 보게 되었다.

내가 바라는 꿈: 건축가 혹은 디자이너. 내가 존경하는 사람: 아버지. 아버지는 나의 멘토이십니다.

글을 읽다가 나는 갑자기 숨이 막혔다. 다행이라고 생각했다. 아버지가 무엇인지도 모르고 살다가 이제 조금씩 아버지의 역할을 배워가는 중인데, 제열이가 아빠를 그렇게 생각하고 있다니 정말 다행이었다.

제열이는 고등학생이 되어 부쩍 어른스러워진 것 같다. 생각도 많아진 것 같고 태도도 많이 달라졌다. 고등학교 1학년, 벌써 다 커버린 것은 아니겠지?

'콘서트 7080'은 주말 늦은 시간에 술 한잔 생각나게 하는 프로그램이다. 배철수의 구수한 목소리와 털털한 모습이 마음에 든다. 오래전 노래를 듣다 보면 지난 시절이 어느새 눈앞에서 아른거린다. 술을 한잔 하다 보면 술에 취하는 건지 노래에 취하는 건지 알 수가 없다. 제열이는 비틀즈를 좋아하고 성열이는 7080을 좋아한다. 7080은 지난 시절 노래가 대부분인데 어린 성열이가 좋아한다는 것이 아이러니다. 요즘 아이들의 노래는 모두 그런 건 아니지만 흥얼거려지지 않는다. 무심코 흥얼거리는 건 마음속에 들어와 담겨 있기 때문일 텐데…….

'뛰어갈 텐데~, 날아갈 텐데~, 그대 내 맘에 들어오면은~.' 요즘 흥얼거리는 이 노래는 오래전에 조덕배가 부른 노래다. 노랫말이 참 좋다.

다가가면 뒤돌아 뛰어가고 쳐다보면 하늘만 바라보고 내 맘을 모르는지 알면서 그러는지 시간만 자꾸자꾸 흘러가네. 스쳐가듯 내 곁을 지나가도 돌아서서 모른 척하려 해도 내 마음에 강물처럼 흘러가는 그대는 무지갠가…….

성열이도 이 노래를 흥얼거릴 수 있을까? 이 녀석, 노래 듣다가 잠이 들었을까? 2007년 3월 4일

엄마를 닮았다

"아빠, 교복 안에 입는 흰색 셔츠 오늘 한 번만 빨아주세요. 부탁합니다."

늦은 시간에 제열이가 보낸 문자메시지다.

"알았다. 오늘은 들어올 거니?"

"네, 들어가야죠. 옷도 갈아입어야 하니까."

제열이는 중간고사 시험 중이다. 며칠째 늦게까지 독서실에서 공부하고 학교에서 가까운 친구 집에서 통학했다.

제열이가 대학에 붙기를 바라는 것은 사실 기적 같은 일이다. 3학년이 되어 공부를 시작했고 가능성을 높이기 위해 미술을 시작했다. 그리고 서울에 있는 대학을 목표로 하고 있다. 모두 불가능에 가까운 일이다. 이것이 가능한 일이라면 대한민국의 모든 입시생들이 대학에 진학하지 못하는 일은 결코 없을 테니까……. 하지만 지금 제열이의 열정과 노력과 성실함은 그 누구에게도 뒤지지 않는다. 나는 기적 같은 일이 일어나주기를 바라고 있다. 다음주부

터는 새벽 미사에 나가 마리아를 만나야겠다.

빨랫감을 찾아 방을 둘러보았다. 한동안 빨래를 하지 않았더니 그동안 쌓인 빨랫감이 수북하다. 성열이 것까지 합하니 세탁기가 꽉 차버렸다. 세탁 후에 정리할 일이 까마득하게 느껴졌다. 홀수 날은 꼭 청소를 하고 짝수 날은 잊지 말고 세탁기를 돌려야지 또 다짐을 했다.

성열이는 이틀 동안 게임 삼매경에 빠져 있었다. 요즘 들어 더 심해진 것 같다. 게임하는 시간을 줄여보려고 이리저리 궁리를 해보았지만 뾰족한 방법을 찾지 못했다. 매사에 부지런한 편은 아니지만, 좋아하는 것에 몰입하는 것은 형제가 모두 닮았다. 엄마를 닮았으면 좋으련만, 사내아이들이라 그런지 모두 아빠를 닮았다.

좋아하는 것에 빠지지 않을 사람이 어디 있겠는가만 지나치게 빠져버리려는 아이들이 가끔 걱정되기도 한다. 게임 60%, 책읽기 혹은 공부 40%. 여러 가지 생각을 하다가 이정도면 어떠냐고 성열이에게 물었다. 성열이는 알았다며 고개를 끄덕였다. 하지만 오늘 온종일 책을 읽은 시간은 40%가 아니라 40분이었다. 그것도 만화삼국지……. 머리맡에 수북이 쌓여 있는 삼국지를 벌써 몇 년째 읽는지 모르겠다. 텍스트로 된 삼국지를 읽어보라고 권했지만 아직 관심이 없다며 눈길도 주지 않았다.

"아빠, 제갈공명 같은 사람이 지금 우리나라에 있었으면 좋겠지?"

"왜?"

"우리나라는 대통령이 엉터리라고 다들 그러잖아."

"음."

"성열아. 엉터리 대통령은 제갈공명 같은 사람이 옆에 있어도 알아보지 못할 걸. 그래서 엉터리라는 소리를 듣는 거야. 엉터리 곁에는 엉터리가 있으니까 말이야. 아빠는 유비 같은 사람이 있었으면 좋겠다는 생각을 해. 삼고초려는 유비가 제갈공명을 알아보았기 때문에 그랬던 거야. 진짜는 진짜를 알아볼 수 있는 거지. 재주와 능력은 스스로 닦아서 완성해가는 과정이지만, 그것이 빛나려면 주변에 좋은 친구가 필요하단다."

내일은 게임보다 책읽기의 비율이 1% 오르기를 바라는 마음으로 성열이와 대화를 마쳤다. 새벽 1시쯤 제열이가 들어왔다. 30분 전쯤 잠자리에 들었던 성열이가 졸린 눈을 비비며 거실로 나왔다. 형아의 심부름으로 이어폰을 찾고 있었다. 아빠의 심부름에는 이리저리 토를 다는 녀석이 형의 말에는 조건이 없다. 그런 모습이 보기 좋다. 잠이 깬 성열이가 형아와 이어폰을 나눠 끼고 누워 속닥거리는 소리가 들린다. 2시가 넘어가는데…… 그래도 괜찮다고 생각했다.

"제열아. 베란다에 옷이 그대로 있네. 안 갈아입니?"

"까미 배설물 냄새가 옷에 배어서……."

"냄새 때문에 내가 한 빨래는 드레스룸에서 말리는데."

그랬구나. 나는 잠시 주춤하며 생각에 잠겼다. 까미가 용변을 베란다에서 보기 때문에 냄새가 나는 건 사실이다. 하지만 하루에 두 번 이상 청소하기 때문에 냄새가 밸 정도로 심하지는 않을 텐데. 까미의 냄새가 옷에 밴다는 것은 생각도 못한 일이다. 그건 꼭 엄마를 닮았다.

월요일 아침에 나는 두 번 놀랐다. 하나는 섬세한 제열이의 성격이고 또 하나는 어휘표현이었다. 예전 같으면 '오줌냄새' '똥냄새' 때문에 이랬을 것이다. '배설물'이란 어휘는 어려운 표현은 아니지만, 책 한 번 제대로 읽지 않고 자란 아이의 표현으로는 쉽지 않다고 생각했기 때문이다. 의식하지 않으면 대부분 배설물보다는 '똥' '오줌' 하고 습관적으로 표현했기 때문에. 그러고 보니 얼마 전부터 제열이는 내게 존댓말을 하기 시작했다. 처음 들었을 때 왠지 좀 어색했었다. 제열이와의 대화는 늘 부족한 어휘력 때문에 걱정을 했었다. 그런데 어느 날, 존댓말을 쓰기 시작한 그때부터 조금씩 나아졌던 것 같다. 갑자기 아이가 달라 보였다. 옷을 잘 입은 단정한 모습도 좋지만, 정확한 표현의 대화가 얼마나 품위 있어 보이는지……. 내가 좋아하는 단어 중에는 '격'과 '멋'이라는 것도 있다. 두 개가 잘 어울려 드러나는 품위 있는 사람이 되어야 한다고 늘 제열이에게 이야기했다. 이제 그 뜻을 이해하는 것일까?

늘 하는 이야기가 되돌아오면 잔소리가 된다. 지금은 당장 알아듣지 못하더라도 조금씩 스며들면 언젠가는 이해하고 행동으로 옮기게 된다는 것을 나는 아이를 통해 배운다. 그때까지 기다려주는 것이 내가 아이에게 주는 가르침이다.

베란다에서 빨래를 걷어 다시 드레스룸에 옮겨 널었다. 옷걸이가 부족했다. 옷장을 열었다. 2년 전 모습 그대로 아내의 옷들이 걸려 있었다.

봄 여름 가을 겨울 활짝 웃는 아내의 모습이 보였다. 2009년 10월 11일

제열이 친구

"안녕하세요. 저는 제열이 친구 신애라고 해요."

"제열이가 아버님 이야기를 하면서 카스토리 보여줘서 등록했어요."

"그랬구나."

"반갑다."

"아주 예쁘네."

"제열이 얘기로는 음악 한다고 하던데……."

"음악을 하니까 몸과 마음, 영혼도 맑겠구나? 열심히 잘해. 파이팅! 제열이랑 사이좋게 오래오래 잘 지내. 아저씨가 여유 있을 때 맛있는 거 사줄게."

"제열이랑 사이좋게 오래오래 잘 지낼게요. 맛난 거 사주셔야 해요."

"그래. 약속."

"안녕히 주무세요."

"그래. 안녕……."

"아빠. 내 친구야. 아빠를 궁금해 해서 카스 보여주려고 등록하라고 했어. 음악 하는 친구야."

"착하고 예쁘게 생겼네. 사이좋게 오래오래 잘 지내."

"알겠어?"

"엄마랑 성열이랑도."

"걱정하지 마!!!!!"

"그래."

"아빠 일 마칠 때까지 잘 버티자."

"아빠 Fighting!!!"

"아들, 사랑해!"

만남이란 어디서부터 시작된 것인지도 모르는 인연이 겹치고 겹쳐서 이루어지는 걸 거다. 그런데 인연이라는 것이 좋은 것만 있는 게 아니니 그중 좋은 인연을 만난다는 것은 아마도 기적과 같은 행운일 거다.

어젯밤 늦은 시간, 30년 전쯤에 만난 형님이 술 한잔 하고 느닷없이 전화했다. 서로 먼 곳에서 살기도 하지만 사는 게 뭐라고 마음속에만 두고 그동안 자주 만나지 못했다. 다음날 정오가 지났을 때쯤 스마트폰에 형님 이름이 뜨며 벨소리가 울렸다. 전화기를 들 때 까미 짖는 소리가 들려 무심결에 창을 바라보았더니 창밖에 형님의 모습이 있었다.

서른 즈음에 같은 직장에서 만나 서른이 되는 것을 고민하며 함께 술로 많은 시간을 보냈다. 결혼은 인간이 실수한 결합의 본보기이기에 절대로 해서는 안 되는 것이라고 우기며 술에 취해 함께 종로 뒷골목을 방황하던 때도 있었다. 그랬던 두 사람이 신기하게도 똑같이 연상의 여인을 만나 같은 달 같은 날에 실혼을 하였다. 그런데 역시 결혼은 잘못된 결합의 본보기였던

가…….

오랜만에 취할 만큼 마시고 기분도 좋았다. 나이가 드니 외로워진다. 아이들이 있어 다행이라는 생각이 들자 총각 때 왜 결혼을 하지 않으려고 했었는지……. 참 바보 같은 생각이었다.

아내를 만나고 딸을 간절히 원했지만 아들 둘을 낳고 키우면서 딸이 없어 아쉽다는 생각은 한 번도 하지 않았다. 이제 아들 덕에 아들 여자친구를 알게 되었으니 새 친구가 생긴 것 같기도 하고 딸아이가 하나 생긴 것 같기도 하고……. 아마 딸을 둘 낳아 키웠다면 아들 같은 친구를 만나 기뻐했을 것이다. 행복한 하루였다.

혼자는 외롭다. 섬이 된다. 모두 함께 공동선을 유지하며 즐겁게 사는 것이 행복일 것이다.

생각이 다르면 서로 멀어진다. 생각의 높이가 달라도 그렇다. 하지만 생각이 같아도 생각의 높이가 같아도 서로 사랑하지 않으면 멀어진다.

제열이와 신애에게 이야기해주고 싶다. 생각이 다를 땐 서로 이해하고 생각의 높이가 차이가 날 땐 높은 곳에 있는 사람이 내려와 맞추고 그래서 오래오래 사이좋은 친구가 되기를…….

속 썩이는 남편이나 아내보다는 마음 통하는 친구가 더 오랫동안 함께할 수 있으니까…….

하는 일에 최선을 다하고 아침을 기다리는 마음이 늘 설레길 바라고 인격과 지성을 갖추고 삶에 대해 끊임없이 생각하고. 몸과 마음, 영혼까지도 맑게 하며 지속 가능한 발전을 위해 늘 사색하며 책을 가까이 하기를…….

2013년 10월 13일

마음 안의 우주.
신비롭고
아름다운 곳.
엄마는 큰 별.
아빠도 큰 별.
나는 작은 별.
행복이 자라는 곳.

2011년 8월 12일

아내 그리고 엄마의 자리

사랑이 지나간 자리

그래. 그때는 제열이 고등학교 1학년 겨울방학이 시작되던 2007년 겨울 어느 토요일 오후였어. 그러니까 성열이는 초등학교 4학년이었지. 표정 없는 모습으로 무작정 가방을 들고 나서는 너희 엄마를 막을 수 없었어. 그때 엄마에겐 누구도 막을 수 없는, 알 수 없는 무서운 힘이 있었지. 나는 무기력했고 그게 마지막이 될 줄은 정말 몰랐어. 무엇 때문에 그런 일이 일어난 것인지 알 수 없어 화가 났지만 다른 생각을 할 수 없었어. 갑자기 눈앞의 모든 것이 하얗게 변해버린 것을 느낄 뿐이었어. 30분쯤 지나 성열이가 가방을 흔들며 집으로 오는 모습이 보였지. 성열이는 문을 열자마자 엄마는? 하고 물었어. 나는 어떤 말을 해야 할지 대답이 생각나지 않아 멈칫한 후 떨리는 목소리를 감추고 할머니가 갑자기 아프셔서 원주에 갔다는 핑계를 댔어.

모든 것이 현실이었지만 실감이 나지 않았다. 그리고 하염없이 시간이 흘렀다. 시간이 지날수록 성열이는 말수가 줄고 얼굴에서 웃음이 조금씩 사라

지고 있었다. 제열이의 귀가 시간은 점점 늦어졌고 친구 집에서 자겠다는 전화도 늘었다. 그렇다고 일상에 많은 변화가 생긴 것은 아니었다. 집이 조금 넓어진 것 같았고 왠지 심심하고 한가한 시간이 늘어난 것 같았고 사람이 없는 고요한 오솔길을 혼자 걷는 것 같았다. 아이들이 조금 더 가까이에 있는 듯 느껴졌고 아이들을 생각하는 시간이 많아졌다. 2012년 7월 6일

엄마가 없으니까……

너무 신나게 놀아서 피곤한 성열이. 쌓인 피로에 몸이 견디지 못하고 드디어 입술이 터졌다.

"아빠, 사인해주세요."

알림장을 내밀며 성열이가 말했다. 알림장에는 며칠 전에 본 시험점수가 적혀 있었다. 그런데 이상하게 한번 지웠다가 다시 쓴 흔적이 보였다. 한동안 노는 데만 신경 쓰고 공부를 열심히 하지 않더니……. 아빠에게 보여주기가 부끄러워 점수를 고쳐서 다시 적은 모양이었다. 나는 잠깐 망설이다가 모른 체하며 사인을 해주었다. 성열이를 학교에 보내고 점심때쯤 담임선생님과 통화를 했다. 다행히 선생님께서도 사실을 알고 계셨다. 이런 결과에는 나의 책임이 컸다. 아직 어린 녀석을 하나하나 챙겨주었어야 했는데 스스로 알아서 하라고만 했으니……. 결국 거짓말을 하게 한 꼴이 되어버렸다.

가만히 생각해보니 성열이다운 행동이었다. 충분히 그런 생각을 할 수 있는 나이. 하지만 얼마나 많은 고민과 갈등 끝에 점수를 고쳐 보여줄 생각을 하게 됐을까? 성열이의 마음이 보였다. 나는 픽 하고 웃음이 났다. 한동안 성열이의 마음이 가는 대로 그대로 보고 있을 생각이었다. 그런 생각을 알기라도 한 듯이 성열이는 시험을 앞두고도 노는 데 여념이 없었다. 생각이 모두 노는 것 한곳으로 몰려 있었다. 눈을 반짝이며 장난감을 찾는 성열이는 종일 분주했다. 아마 엄마가 없어 생긴 허전한 마음을 잊고 싶은 마음 때문이었을 것이다. 채워지지 않는 빈자리를 채워야만 했을 것이다.

학교 수업이 끝나면 곧바로 집으로 오던 성열이는 엄마의 빈자리가 허전했던지 학교 운동장에 남아 축구를 하거나 친구집에서 놀다가 해가 지고 어두워졌을 때 오는 날이 많아졌다.

균형과 조화, 강약을 조절할 줄 알아야 해. 성열이가 알아듣기에 조금은 어려운 이야기지만 그래도 늘 생각하고 있어야 한다고 했었다. 하지만 요즘은 너무 한쪽으로 쏠려버린 일상이었다. 몸이 견디지 못해 입술이 터질 정도로 성열이는 노는 데 신명이 나 있었다.

잘못을 들키고 반성문을 쓰고 집에 온 성열이는 풀이 죽어 있었다. 눈이 마주치자 눈물을 뚝뚝 흘렸다. 아빠의 믿음을 깨버린 것이 미안했던 모양이다. 나는 성열이를 꼭 안아주었다.

"성열이가 잘못한 게 뭐지?"

"거짓말. 아빠가 제일 싫어하는 거짓말."

"그래. 이제 다신 거짓말하지 말자?"

"응, 아빠. 나 이제 속이 시원해."

며칠 후, 성열이의 가방 안에 편지 한 통이 있었다. 어버이날 엄마에게 쓴 편지였다.

사랑하는 어머님께.

엄마! 나 성열이예요. 원주에서 할머니를 보살펴주시니 힘드시겠
어요. 그래서 찾아뵈려고 하는데 마음과 다르게 찾아뵙지 못해서
죄송해요.

많이 힘드시죠? 엄마가 집에 있었을 때 내가 철이 없어서 엄마에게
막 말대꾸하고 화를 내서 미안해요. 엄마가 간 날, 방학을 하고 학
교에서 돌아와 보니 엄마는 이미 떠났더라고요.

엄마. 그동안 나를 잘 보살펴주셔서 고맙습니다. 엄마께서 잘 보살
펴줬는데도 이번 시험은 잘못 본 것 같아요. 할 것을 하지 않고 놀
기만 해서 그래요. 다음 시험엔 열심히 공부해서 이번처럼 망치지
않을게요. 놀 때는 놀고 할 때는 제대로 하겠습니다.

엄마 사랑해요.

2008년 5월 7일 성열 올림

예쁜 꽃편지지에 성열이를 닮은 깨알 같은 글씨가 또박또박 적혀 있었다.
성열이는 엄마가 보고 싶었다. 2008년 5월 14일

아내의 봄

처음으로 암벽등반을 했다. 까지고 터진 상처는 하루가 지나자 조금씩 아물기 시작했다. 무슨 큰 사고라도 당한 것처럼 곳곳이 상처투성이다. 그래도 머리칼이 쭈뼛쭈뼛 서는 짜릿했던 긴장감. 그 맛에 모두 바위에 푹 빠져버리는가 보다. 줄 하나에 목숨을 의지하고 허공에 떠 있었다. 줄이 곧 길이요 생명이었던 토요일 오후, 거칠게 몰아쉬는 숨소리도 아름답게 들렸다.

집 앞에 작은 산이 하나 있다. 천마산으로 이어지는 능선이 시작되는 곳인데 해발 300미터쯤 되는 작은 봉우리다. 불혹을 넘기며 아내는 읽던 책을 내려놓고 처음 이곳으로 등산을 했다. 나잇살이 붙으니 거동도 불편하고 몸매도 망가지는 것 같은 위기감에서 시작했을 것이다.

산에 다녀오고 나면 아내는 늘 단잠에 빠졌다. 한 시간 정도 거리에 있는 산이지만 아내가 오르기에는 쉽지 않았던 모양이다. 아내는 평생 운동보다는 책과 가까운 사람이었다.

애기봉을 넘으면 뛰어서 20분 거리에 복두산이 있다. 짐작으로 해발 400미터쯤 되는데 가파른 오르막이 몇 개 버티고 있다. 나는 욕심을 내 이곳까지 오르지만, 아내는 감히 오를 생각조차 하지 않았다. 애기봉을 오르는 것만으로도 아내에겐 벅차고 힘든 일이었다.

남양주에 내려온 것은 삶의 전환점이었다. 모든 것에 변화가 나타나기 시작했다. 자연스럽게 바뀌는 생각과 일상은 시간이 지나면서 점점 또렷해지는 것을 느낄 수 있었다.

정체성과 가치관에도 변화가 생겼다. 물질보다 지혜를……. 변화가 시작되었다.

8,000미터급 고봉 14좌 등정을 꿈꾸는 사람이 있지만, 아내에겐 에베레스트만큼 힘든 급한 경사로 버티고 있는 해발 400미터를 오르는 것이 꿈일지 모른다.

산행 후 단잠에 빠진 아내를 보면 그 꿈은 에베레스트를 오르는 것만큼 값지다는 생각을 한다. 매일 산에 오르는 것은 아내에겐 새로운 도전이었을 것이다. 아내의 등산은 아직 마르지 않은 머릿결에서 나는 향기처럼 내겐 상큼한 봄이었다. 나는 아침마다 새로운 모습으로 찾아오는 아내의 봄을 만날 수 있었다.

아침에 성열이는 자명종 소리를 듣고 일어났다. 제열이는 일어나는 데 힘들어하는 모습이 역력했다. 조금씩 힘이 빠지는 것 같다. 천방지축 사고뭉치가 이렇게 변할 줄 누가 알았을까?

성열이는 오늘도 형아를 기다리고 나는 밤참을 준비했다.

12시 가까이 초인종이 울렸고 반가움에 마구 짖어대는 까미는 짧은 꼬리를 고양이 방울처럼 흔들어댔다. 내가 고개를 끄덕이며 조는 사이에도 아이들의 수다는 끝없이 이어지고 12시가 훨씬 넘어 형제는 잠이 들었다. 파란색 지구본에 불이 들어왔다. 붉은색 전구가 깜빡이는 아이들의 방은 이제 고요하다. 2008년 6월 2일

불량주부 시집살이

비몽사몽 언제나 힘든 성열의 아침, 성열이가 태어나기도 전에 유럽에 갔을 때 너무 예쁘다고 아내가 백화점에서 산 이불, 마법의 양탄자 무늬에 성열이가 좋아하는 연한 녹색, 성열이의 피부처럼 부드럽다. 아내는 성열이가 태어날 걸 알았나 보다. 성열이 나이보다 세 살 많은 이불은 밥을 먹을 때도 잠을 잘 때도 성열이 곁을 떠나지 않는다. 하도 헤져서 수선비가 이불값만큼 들었을 거다.

수능 전날, 따뜻한 국물이 있는 아침을 준비해야지……. 국거리를 사려고 마트 진열대 이곳저곳을 둘러보았다. 12시간 이상 푹 고은 진한 사골 국물이 그대로~ 진한 국물 맛. 손맛 깃든 사골 곰탕 500g 1~2인분……. 1,990원. 참 편한 세상이다 하는 생각을 했다. 두 개를 장바구니에 담으려고 할 때 옆에 있는 B사 제품이 나긋이 귓속말로 속삭였다. 옛날 맛 그대로 100% 사골만 고았습니다. 가격도 1,880원, A사 제품보다 저렴해요. 저를 선택해주세요. 예쁜

표정으로 애교를 부리며 유혹한다. 정보가 빈약한 불량주부의 갈등이 시작되는 순간이다. 성분을 분석해보기로 했다. 하나는 호주산, 또 하나는 자연이 키운 뉴질랜드산이란다. 그런데 왜 국산 한우는 없는 거지? 이해할 수 없는 불량주부의 의문……. 칼로리 15kcal. 탄수화물 0g. 당류 0g. 단백질 1g(2%). 지방 1g(2%). 포화지방 0g. 트랜스지방 0g. 콜레스테롤 0g. 나트륨 180mg(9%). 열량 탄수화물 단백질 지방 콜레스테롤 나트륨은 굵은 글씨로 쓰여 있었다. 손맛 깃든 진한 국물맛 A사 제품의 성분기록이다. 칼로리 50kcal. 탄수화물 0g. 당류 0g. 단백질 10g(17%). 지방 1g(2%). 포화지방 0g. 트랜스지방 0g. 콜레스테롤 10g(3%). 나트륨 790mg(40%). 성분부분에서 월등해 보이는 B사의 성분기록. 가격도 110원 싸다. 콜레스테롤 성분에서 차이가 나는 것이 아쉽긴 했지만, B사의 제품을 장바구니에 담았다. 한우를 사서 푹 고아 먹여야 하는 건데 하는 생각을 했다.

다음날 아침. 마음이 바쁜 제열이는 김밥천국에 들러 바로 말아주는 김밥과 따뜻한 장국으로 아침을 때웠다. 그리하여 어렵게 준비한 인스턴트 사골곰탕은 모두 성열이 몫이 되었다. 그날 저녁. 달걀프라이, 송송 썬 김치, 햄, 그리고 사골곰탕을 따뜻하게 데워 저녁상을 차렸다.

"아빠. 양념 돼지갈비가 먹고 싶은데."

"미리 이야기를 했어야지."

"얼른 가서 사와라."

"그럼 천천히 먹고 있어."

급한 마음으로 문을 나섰다.

"아빠. 오징어젓도 사와."

"왜. 잘 안 먹잖아."

"사골국 먹을 땐 다르지."

"김치랑 먹으면 되잖아."

"사골국엔 젓갈을 곁들여야 맛이 난다니까."

"알았다."

'어리니까 잘 모를 거야' 하는 생각은 이제 하지 않기로 했다. 요즘 아이들의 생각은 분명하다. '허기만 때우면 되는 거지' 하는 내 생각과 분명히 다르다.

마트를 향해 뛰면서 생각했다. 주방에서 하는 일이 참 많다. 아이들의 성장과 직접 관계되는 일이다. 하루도 거르지 않고 매일 반복되는 일. 힘들고 귀찮고 가끔은 짜증이 나기도 하지만, 가족의 건강과 성장을 책임지는 중요한 공간이다. 그러니 지금 뛰고 있는 것은 힘든 것도 아니고 귀찮은 것도 아니고 아주 당연한 것이다. 시집살이와 잔소리의 어원은 아마 주방에서 태어났을 것이다. 너무 소중한 곳이기에 어른의 충고와 간섭이 끊이지 않았을 테니까.

내게 시집살이를 시키는 성열이. 아빠가 입으라는 옷은 마음에 들지 않는다며 어제 입은 옷을 그대로 입고 학교에 갔다. 옷을 고르는 마음이 서로 달랐지만 내가 고집할 일은 아니다. 이럴 땐 어느새 부모의 품을 떠날 때가 되었는가 하는 생각이 든다.

"엄마 닮아 옷도 잘 입네."

장갑을 건네주며 성열이에게 이야기했다. 정말이다. 아내는 맵시 있게 옷도 참 잘 입었다.

모퉁이를 돌아가는 아이의 모습을 보고 한숨을 돌렸다. 오늘은 따뜻한 바람이 불겠지? 아이들과 사이좋게 지내고 건널목을 잘 건너면 되는 거야. 늘 천천히, 이야기할 때도 밥을 먹을 때도 길을 걸을 때도 천천히. 2009년 11월 17일

상처

"성열아. 아빠 내일 산에 간다."

"그럼 언제와?"

"조금 늦지."

"알았어. 빨리 와."

성열이는 다른 말이 없다. 빨리 오라는 말밖에……. 나를 다스리는 것도 힘든 일인데 남을 다스리는 것은 불가능하다는 것을 아는 것 같다. 벌써 체념을 배운 것일까? 체념처럼 참아내기 힘든 것도 아이들은 거뜬한가 보다.

수능시험이 끝나고 10여 일이 지났다. 제열이는 그동안 한 번 집에 들어왔다. 실기 준비로 두번째 전쟁을 준비 중이다.

나는 아이들에게 미안하다. 엄마의 손길을 받지 못하는 아이들에게 미안하기만 하다. 아무리 잘해주어도 엄마를 대신해서 할 수 있는 것에는 한계가 있기 때문이다. 집에 일찍 들어오고 산행 약속을 잡지 않는다고 그 자리가 채워

지는 것은 아니다.

아이는 아무렇지 않은 척하지만, 아무렇지 않은 것이 아니다. 아프지 않다고 하지만, 아프지 않은 것이 아니다. 모두 괜찮다고 해도 괜찮은 것이 아니다.

일찍 들어가야지. 아이 곁에 있어야지. 존재한다는 것은 얼마나 큰 일인가. 그러니 살아간다는 것은 정말 위대한 일이다.

사람에게 받은 상처는 사람만이, 마음으로 받은 상처는 따뜻한 마음만이 치유할 수 있다. 2009년 12월 3일

셔츠의 온기

토요일에 교복을 세탁한 것은 참 잘한 일이었다. 일요일 암벽훈련을 한다고 직벽을 오르락내리락하며 바위를 뜯었더니 손톱이 갈라지고 팔과 손 이곳저곳에 상처가 났다.

컴퓨터 자판을 치는 데도 여간 불편한 것이 아니다. 왕자처럼 편하게 산 것은 아닌데 내 피부는 너무 약하다.

성열이가 아침 식사를 하는 동안 셔츠를 다림질했다. 소매며 옷자락에 붙어 있던 열기가 몸에 닿는 느낌이 따뜻하고 감미롭다. 성열이 볼 같은 봄이다. 식사를 마친 성열이는 교복을 입고 학교에 갈 준비를 했다.

아직도 손끝이 아프다. 빈 그릇에 물을 담았다. 손이 좀 편해지면 설거지를 해야지. 청소기를 밀면서 제열이에게 부탁을 할까 하는 생각을 했다. 그리고 또 생각이 이어졌다. 이 녀석만큼 큰 여자아이가 하나 더 있었으면 엄마 역할을 충분히 했을 텐데…….

사내아이만 둘, 남자 셋이 사는 집. 여자의 향기가 그립다.

아침식사를 하는 동안 아내는 출근 시간에 맞춰 와이셔츠를 다렸다. 식사를 마치고 셔츠를 입을 때 옷깃에 남아 있는 온기의 느낌은 정말 좋았다. 옷깃에서 나는 냄새와 그 순수한 온기는 정말 잘 어울렸다. 날이 추운 날은 더 그랬다. 새싹처럼 가냘프고 여리지만 봄처럼 푸르고 싱싱한 새색시. 아침에 출근할 때 아내에게서만 받을 수 있는 사랑 같은 거.

회사를 그만두고 독립하면서 양복을 벗었을 때도 그 느낌은 오랫동안 잊히지 않았다.

어느새 대학생이 된 제열이. 제열이의 교복을 처음 다릴 때 그때 느꼈던 온기가 다시 생각났다. 그리고 아이의 셔츠를 다릴 때마다 양복을 입고 출근할 때 생각이 났다. 함께 직장생활을 했던 오랜 동료들의 얼굴도 생각났다. 모두 건장한 아이들의 부모가 되었을 것이다. 어떤 아이는 군대를 가고 어떤 아이는 시집도 갔을 것이다. 어떻게 변했을까? 어디에 살고 있을까?

성열이 셔츠를 다림질했다. 다림질할 때마다 오래전 아내가 선물했던 따뜻한 온기를 다시 생각할 것이다. 추운 겨울이 지나고 오는 파릇한 봄 같은 선물.

오늘 아침은 회색 구름이 하늘을 잔뜩 가렸다. 경칩이 지났는데도 강원도엔 폭설이 내렸다. 그래도 계절은 변하고 봄이 조금씩 가까이 오고 있었다. 다림질 한 성열이의 옷깃에서 조금씩 얼굴을 내밀고 있었다.

'인연'을 다시 읽었다. '인생은 사십부터'라는 말을 고쳐서 '인생은 사십까지'라고 하여 어떤 여인의 가슴을 아프게 한 일이 있다. 지금 생각해보면 인생은 사십부터도 아니요 사십까지도 아니다. 어느 나이고 다 살 만하다. 백발이 검은 머리만은 못하지만, 물을 들여야 할 이유는 없다.

오히려 온화한 데가 있어 좋다. 때로는 위풍과 품위가 있기까지도 하다. 젊게 보이려고 애쓰는 것이 천하고 추한 것이다. 젊어 정열에다 몸과 마음을 태우는 것과 같이 좋은 게 있으리오마는, 애욕 번뇌 실망에서 해탈하는 것도 적지 않은 축복이다.

기쁨과 슬픔을 많이 겪은 뒤에 맑고 차분한 눈으로 인생을 관조하는 것도 좋은 일이다. 여기게 회상이니 추억이니 하는 것을 계산에 넣으면 늙음도 괜찮다.

무엇보다도 이른 봄 같은 서영이는 시집갈 때까지 몇 해 더 자기 아빠의 마음을 푸르게 해줄 것이다.

성열이도 장가갈 때까지 내 마음을 푸르게 해주겠지……. 2010년 3월 8일

엄마는 못 말려

솜사탕 같은 구름이 파란 하늘에 둥둥 떠다닌다. 장마가 끝나고 하늘에선 연일 솜사탕 축제가 이어지고 있다. 손에 잡힐 듯 가까이 떠 있는 구름의 모습이 어렸을 때 보았던 재미있는 만화책 같다. 그 만화책 속에서 보았던 구름을 닮았다. 무지개를 따라나섰던 아이는 구름을 잡으러 천마산을 올랐다. 숲은 작열하는 뜨거운 빛으로 가득 찼다. 바람이 오기 전까지는 한증막 같았다. 그래도 계곡 가까이엔 가을의 바람이 있었다. 물소리도 시원하게 들렸다.

"앞에 가는 낭자." 하고 불렀다.

"저를 부르셨나요."

"줄 타고 내려오던데 어느 별에서 오셨어요?"

"무슨 말씀이세요?"

"천사시잖아요. 분명히 보았어요. 저 폭포 위에서 줄 타고 내려오는 거. "

"아녀요. 잘못 보신 거예요. 천사 아니에요."

"영혼이 맑은 사람은 천사를 볼 수 있다고 했어요. 제 영혼이 정말 맑거든요. 그러니까 천사가 맞아요. 아니라면 날개를 보여주세요. 날개가 없으면 인정할게요. 어디 봐요."

"왜 이러세요. 날개가 어디 있어요?"

"천사는 가슴에 날개가 있잖아요. 숨기고 있는 날개를 보여주세요."

인적이 드문 등산로에 풀을 차며 혼자 걷는 그녀의 모습은 하늘에서 내려온 천사의 모습이었다.

"성열아. 요즘은 천사랑 잘 지내니?"

"천사? 천사가 어디 있어?"

"모르는구나. 그러면 천사 말고 엄마."

"응. 잘 지내. 그런데 엄마는 못 말려. 그리고 안 변해. 내가 이해하는 거지. 안 그러면 싸움만 되니까. 그런데 아빠, 난 아무래도 엄마와는 맞지 않나 봐."

제열이는 고등학생이 되었을 때 그랬다. 우리집 남자들은 왜 모두 엄마와 맞지 않는 것일까?

"뭐해?" 대답이 늦자 성열이가 물었다.

"응. 아니야……. 아빠도 그랬다. 아빠는 아빠의 아빠가 일찍 돌아가셔서 엄마밖에 없었는데 엄마랑 참 안 통했던 것 같아. 아니다. 엄마의 잔소리를 듣고 싶었는데 아빠의 엄마는 아빠 형제들 먹여 살리느라 바빠서 잔소리할 시간이 없었던 거야. 아빠는 엄마의 잔소리가 몹시 그리웠어. 성열아. 넌 행복한 아이야. 엄마는 너에게 얼마나 잘해주는 건데. 아빠가 그렇게 열망했던 관심. 성열이는 관심의 폭포수 아래 있는 거야."

"모르는 건 아닌데 엄마는 너무 완벽하고 철저해. 그냥 놔두면 내가 다 알아서 하는데."

"그게 아니니까 그렇지. 일단 엄마를 이해하기 위해서 생각을 해보자. 엄마는 눈에 보이는 가시적인 것들도 잘 정리되어 있기를 바라는 거야. 그중 기본이 되는 것이 성적인데, 학교 성적은 학생의 보편적인 일상이 반영된 태도의 결과물이야. 그런데 너의 성적표는 너무 버라이어티하잖아. 그것부터 해결해봐. 엄마의 태도도 달라질 걸."

"그건 지금 내가 공부의 필요성을 별로 느끼지 않기 때문이야. 공부에 관심이 없으니까 성적이 좋을 리 없지. 마음먹고 하면 성적은 금방 올릴 수 있어."

"그럼 그렇게 해. 내년 지나면 고등학생이니까 서서히 면학분위기로 바꾸어봐. 공부 잘해서 나쁠 건 없잖아. 엄마도 기뻐할 것이고. 그러면 간섭도 덜할 것이니 너도 자유로워질 것이고."

"알았다. 아빠도 결국 잔소리네……."

"잘하자는 게 모두 잔소리는 아니다, 성열아."

"아빠, 나 갑자기 피곤해졌어. 업어줘."

엄마 것 반 아빠 것의 반을 정확하게 닮은 성열이. 지금은 한참 예민할 시기. 엄마 것 닮은 것으로 때론 날이 서기도 하는 예민한 아이가 시내 한복판 북적이는 사람들 사이에서 또 업어달란다.

장난하려고 힘들다고 거절해도 소용없다. 사실은 점점 무거워지는 성열이를 기쁜 마음으로 업어주면서 생각했다. 아이들이 원하는 것은 모두 들어주어야 한다고. 그래야 그 순수한 기운이 산이 되고, 강이 되어 바다로 흐른다는 것을…….

17일 성열이는 멘토링 캠프를 떠났다. 13박 14일 동안 어쩌면 자신의 미래일지도 모르는 모습들과 함께 지내는 것이다. 엄마가 주는 특별한 여름방학 선물 속에서……. 2011년 7월 20일

따뜻한 밥

"성열이 보고 싶은데 언제 만날까?"

"이번 주말에 봐."

"이번 주말엔 아빠가 산행 약속이 있어."

"섬에 들어가서 해벽등반을 할 거야. 함께 갈래?"

"아니. 난 친구랑 놀래."

"알았다. 그럼 언제 볼까?"

"수요일에 봐."

"수요일이 제일 한가하니까."

"수업도 일찍 끝나고."

"그래. 그럼 수요일 6시에 보자."

"알았어."

성열이 목소리 맑음. 기분도 맑음. 내 목소리는 흐림. 하지만 성열이 목소리를 듣고 구름이 걷히는 중.

오랜만에 따뜻한 밥이 먹고 싶었다. 한여름 날씨가 계속되는데 왜 시원한 냉면이 아니고 따뜻한 밥 생각이 났을까?

콩나물 무침, 시금치, 무채, 깍두기, 감자채, 갈치조림, 냉이가 들어간 맑은 된장국 혹은 쑥국……. 삼겹살이나 오리로스 혹은 마블링이 촘촘한 꽃등심……. 먹고 싶은 것이 갑자기 하나둘 생각났다.

냉장고 야채칸에 넣어둔 쌀을 꺼내 씻었다. 시골 우거짓국 상자를 뜯어 소스와 건더기를 냄비에 넣고 물을 부었다. 맛이 심심할 것 같아 손질된 황태채를 한 줌 덜어 넣었다. 물이 끓자 고소한 맛이 났다. 달걀부침을 하고 묵은내가 나는 김치를 씻어 기름에 살짝 볶았다. 두부가 있었으면 하는 아쉬움……. 하지만 이곳에서 마트까지는 한 시간 거리다. 반짝반짝 기름이 흐르는 따뜻한 밥에서 모락모락 김이 오른다. 입에 침이 고였다. 한술 떠 입에 넣었다. 따뜻한 온기가 몸안 가득 퍼진다. '가정'에서 느끼는 포근함이다.

아내가 차려주던 밥상. 엄마가 차려주던 밥상이 생각났다. 막내가 졸업할 때까지 어머니는 새벽에 일어나 사내놈 넷의 도시락을 싸셨다. 잠이 덜 깬 눈을 비비며 식탁에 앉아 누룽지 냄새 구수한 따뜻한 숭늉을 마실 때 신기하게 잠이 스르르 깼다. 사랑이 가득 담긴 따뜻한 아침 밥상이 그립다.

하루에 세 번. 아이는 어머니가 주는 사랑을 먹고 어른이 되었다. 어른이 되는 것은 어머니의 사랑을 먹는 과정이다. 2012년 5월 15일

생일날 아내에게

한 땀 한 땀 정성으로 바느질하는 당신의 모습은 정말 아름답습니다. 아이들을 위해 마음 다해 쏟는 당신의 정성에 갈채를 보냅니다. 내가 아직 힘이 미약하여 당신을 위해 해줄 수 있는 것이 부족하지만 정성으로나마 그 모자라는 것들을 채워보겠습니다. 지치고 힘이 들어 때론 주저앉고 싶을 때가 있을지라도 아이들을 생각하며 용기를 내어봅시다. 우리들의 시작은 비록 미약할지라도 그 결과는 창대할 것입니다. 내가 만난 인연 중에 가장 아름답고 순수하고 용기 있는 사람, 당신은 고마운 사람입니다. 2005년 9월 2일

Epilogue

질풍노도기의 아이들은 부모의 마음과 이야기가 잘 들리지 않는다.

안타까운 마음에 자꾸 이야기하면 이내 잔소리가 되어버린다.

인류는 끊임없이 기록문화를 가꾸려고 애써왔지만, 수천 년이 지난 지금은 종이책이 점점 사라지는 세상이 되었다.

골목이 사라지고 인터넷이라는 가상공간이 생기며 세상은 참 빠른 속도로 변했다.

서로 다른 문화 속에서 성장한 탓에, 부모와 아이의 대화가 쉽지 않은 세상을 우리는 살고 있다.

가치관의 변화, 스펙이나 물질이 우선시되는 이 세상에서 '가정'의 뜻은 사전에서나 찾을 수 있게 되지 않을까 걱정이다.

조금은 따뜻한 세상이 되었으면 좋겠다.

사람을 만나면 따뜻하고 편안하고 즐거운 세상.

그 시작은 아이가 태어나고 부모와 함께하면서부터가 아닐까.

아이들이 크면 새가 둥지를 떠나듯 세상으로 나간다.

한 아이라도 따뜻한 가슴을 가지고 나가면 세상도 조금씩 따뜻해질 것이라고 믿는다.

2014년 4월 16일 이날을 잊을 수 없다.

글을 정리하고 출판사를 찾고 있을 때 세월호 참사가 일어났다.

너무 어처구니없는 사고였다. 아무리 생각해도 믿을 수 없고, 보고 또 보아도 이해가 되지 않았다.

갑자기 세상이 무섭고 혼란스러워 아무것도 할 수 없었다.

물에 가라앉은 아이들을 생각하면 바닷속처럼 세상이 어두워지고 무서웠다.

성열이가 매일 생각나고 그래서 성열이 생각을 하면 아이들이 겹치고 그러면 또 가슴이 복받치고 눈물이 났다.

배가 침몰하고 300여 명이 물속에 가라앉았는데 단 한 명도 구조되지 못했다. 사고가 터지고 한 달이 넘어도 무엇 하나 제대로 수습되는 모습을 볼 수 없었다.

아이는 부모에게 또 하나의 삶이고 세상인데…….

사랑이라는 감정의 근원은 자식을 사랑하는 부모의 마음일 것이다.

아이가 곁에 있고 그 아이의 손을 잡고 아이와 이야기할 수 있는 것은 얼마나 큰 행복인지 모른다.

이 세상에 자식과 부모 아닌 사람은 없다.

아이들은 위기에 처했을 때 부모를 찾고 물속이든 불속이든 뛰어들어 아이를 구하려 하는 것이 부모 마음이다.

어처구니없는 사고 앞에 세상의 부모는 아이들 곁에 없었다.

차갑고 어두운 바닷속에 가라앉았는데 하루가 지나고 이틀이 지나도 그 누구의 손길 하나 닿지 않았다. 물속의 아이들과 그 아이들의 부모를 생각하면 지금도 잠을 이룰 수 없다.

이 사회에 부모가 존재하지 않는다는 걸 나는 두 눈으로 분명하게 보았다.

이제 아이들은 물에 빠져도 불속에 갇혀도 스스로 나와야 한다.

세월호에 승선해 어둡고 차디찬 바다에 가라앉은 다른 이름의 성열이. 세상의 모든 성열이는 밝고 건강하게 자랄 수 있어야 한다.

성열이와 아이들이 자꾸자꾸 겹쳤다.

그럴 때마다 힘들어 아무것도 할 수 없었다.

잊혀야 살 것 같은 그 슬픔의 율현한 바다.

차라리 잊히기를 바랐다.

이 세상에 부모 없는 아이는 없다.

부모는 아이를 사랑하고 가족을 사랑하고 아이들의 친구를, 사회를 문화를 자연과 생명을 사랑한다. 그리하여 우리 모두 인류를 사랑하고 자유와 평화를 사랑한다.

이 책이 조금이라도 위로가 될 수 있을까?

2014년 여름, 남양주 팔현리에서

성열아
© 양동준

| **초판 1쇄 인쇄** 2014년 9월 2일
| **초판 1쇄 발행** 2014년 9월 15일

| **지은이** 양동준
| **펴낸이** 강병선
| **편집인** 신정민

| **편집** 최연희
| **디자인** 엄자영
| **저작권** 한문숙 박혜연 김지영
| **마케팅** 방미연 최향모 유재경
| **온라인 마케팅** 김희숙 김상만 한수진 이천희
| **제작** 강신은 김동욱 임현식
| **제작처** 미광원색사(인쇄) 경원문화사(제본)

| **펴낸곳** (주)문학동네
| **출판등록** 1993년 10월 22일 제406-2003-00045호
| **임프린트** 싱긋

| **주소** 413-120 경기도 파주시 회동길 210
| **전자우편** paper@munhak.com
| **전화** 031-955-8889(마케팅) 031-955-2692(편집)
| **팩스** 031-955-8855

ISBN 978-89-546-2572-2 03810

www.munhak.com